小学館文庫

突きの鬼一　跳躍

鈴木英治

JN054501

小学館

小学館文庫

突きの鬼一　跳躍

鈴木英治

小学館

目次

突きの鬼一《おにいち》　跳躍《ちょうやく》

登場人物

百目鬼《どうめき》一郎太《いちろうた》宣継《のりつぐ》（月野鬼一《つきのおにいち》）　博打好きの美濃北山藩前藩主。秘剣滝止《たきどめ》の遣い手。

静《しずか》　一郎太の正室。現将軍の娘。紫頭巾の異名をとる剣の遣い手。

重二郎《しげじろう》　一郎太の弟。江戸に出奔した兄の跡を継いだ現藩主。心根がやさしい。

桜香院《おうこういん》　重二郎を偏愛。一郎太抹殺を監物《けんもつ》に命じる。羽摺《はず》りの頭・万太夫《まんだゆう》に殺される。

神酒五十八《みきいそや》　江戸家老。桜香院の画策で国家老に格下げとなる。一郎太の力強い後ろ盾。

神酒藍蔵《みきらんぞう》　五十八の嫡男。一郎太の幼馴染み。一郎太と寝食を共にする忠義の家臣。

興梠弥佑《こうろぎやすけ》　五十八の小姓。華奢で、目元の涼しい美男だが、天下無双の剣の達人。

照元斎《しょうげんさい》　弥佑の父。通称は興梠田右衛門《こうろぎたえもん》。江戸で道場を営む。神酒五十八の知人。

黒岩監物《くろいわけんもつ》　北山藩国家老。重二郎の岳父。桜香院と結託して、一郎太を襲う。

庄伯《しょうはく》　北山藩御典医。重二郎に付き従って江戸に移る。

槐屋徳兵衛《さいかちやとくべえ》　駒込土物店《こまごめつちものだな》を差配する草創名主《くさわけなぬし》。一郎太に命を救われる。

志乃《しの》　父親の徳兵衛に妾を持てと言い出す、さばけた娘。神酒藍蔵と相思相愛の仲。

飯盛下総守忠純《いいもりしもうさのかみただずみ》　一郎太と肝胆相照らす北町奉行。

服部左門《はっとりさもん》　北町奉行所定町廻り同心。実直。精悍。一郎太に厚く信頼されている。

お艶《えん》　馬籠《まごめ》宿の賭場で会った女壺振り。浅草花川戸の山桜一家に身を寄せる。

烏賊造《いかぞう》　深川元町に一家を構える親分。録刻寺で賭場を開いていた。

第一章

一

音を立てて砂塵《さじん》混じりの風が吹きつけてきた。月野鬼一《つきのおにいち》こと百目鬼一郎太《どうめきいちろうた》は足を止め、顔を伏せた。

手に持つ提灯《ちょうちん》が激しく揺れ、近くの家の壁や塀を照らし出す。障子戸や雨戸が鳴り、軒下にうずくまっていたらしい猫が驚いたように走り去っていった。

風が行き過ぎると、静寂があたりを覆った。軽く息をつき、一郎太は再び歩きはじめた。

しかし寒いな、と独りごち、襟をかき合わせる。土埃《つちぼこり》は顔を伏せれば避けられるが、大気の冷たさはどうにもならない。できるだけ足早に歩き、体を温めるしか手立てがない。

三月も今日で終わりだというのに、季節のめぐりが遅いのか、春先のように冷え込む夜が、このところ続いている。

寒がりの一郎太には、この寒さはかなりこたえた。

震えが出そうになるのをこらえつつ歩き続けていると、いつしか市谷加賀町《いちがやかがちょう》に入っていた。ひときわ高い塀が、闇の向こうまで延びている。

尾張《おわり》徳川家の上屋敷の塀である。さすがに御三家筆頭だけのことはあり、屋敷は比類ない宏壮《こうそう》さを誇っている。延々と続く塀に沿い、一郎太は吹きつけてくる風に逆らって足を運んだ。

長い塀がようやく途切れたところに辻《つじ》番所があり、火鉢をそばに置いて二人の老人が詰めていた。二人は二畳ほどしかない建物の中で将棋に熱中しており、通り過ぎる一郎太に気づかなかった。

辻番所を過ぎると、再び塀があらわれた。これは百目鬼家の上屋敷の塀である。

古ぼけた塀に沿って半町ばかり進むと、長屋門の前に出た。この長屋内では、参勤交代で国元から江戸に出てきた家臣たちが暮らしている。六畳間が与えられているが、国元の屋敷に比べたら、やはり相当窮屈であろう。

耳を澄ますと、いくつものいびきが聞こえてきた。家臣たちが心安らかに休めるのが一番だ、と一郎太は思っている。

長屋門の前を抜けた一郎太は、屋敷の西側を目指した。そこは塀が少し低く、乗り越えやすくなっていた。

目当ての場所で足を止めた一郎太は提灯を吹き消した。深い闇に包み込まれる。提灯をたたんで懐《ふところ》にしまった。

愛刀を塀に立てかけ、下緒《さげお》を手に持つ。その上で鍔《つば》につま先をかけ、塀に手を伸ばした。

体を持ち上げ、塀の上に腹這《はらば》いになった。下緒を手繰《たぐ》って愛刀を引き上げる。

音もなく庭に着地し、姿勢を低くしてあたりの気配をうかがった。

まるで結界でも張られたかのように、庭には風が吹き込んでこない。一郎太の侵入に気づいた者もいないようだ。あたりは静けさに満ちていた。

――宿直の者はしっかりと起きているようだが、俺が入り込んだことには、やはり気づかぬか……。

それも無理はない。一郎太の気配を覚《さと》れるだけの腕を持つ者は、残念ながら家中には一人もいない。

行くか、とつぶやき、一郎太は愛刀を腰に差した。足音を殺して歩みはじめる。

夜空に浮かび上がるように、母屋の屋根がうっすらと目に入った。一郎太は、妻の静《しずか》の暮らす奥御殿へ向かった。

表御殿と奥御殿のあいだは渡り廊下がしつらえられており、その先に観音開きの扉が設けられている。扉には頑丈な錠が下り、心得のない一郎太には、開けることはできない。愛刀を腰から鞘《さや》ごと抜き、いつものように縁の下にもぐり込んだ。

しかし、と一郎太は土の上を這いずりながら思った。

――このような真似《まね》は、殿さまだった者がすべきではないな……。

もともと一郎太は百目鬼家の当主だったが、ゆえあってその座にいることに嫌気が差し、弟の重二郎《しげじろう》に譲ったのだ。二本差とはいえ、今は浪人も同様の身の上だが、別に百目鬼家から逐《お》われたわけではないから、忍び込むようなことはせず、正面から静を訪ねても、なんら構わない。

だが、それには仕来《しきた》りや作法などが必要で、市井《しせい》での暮らしが長くなりつつある一郎太にとって面倒でしかなかった。それに、思いがけない来訪のほうが、静が喜んでくれるような気がした。

蜘蛛《くも》の巣を破るなどして縁の下を五、六間ばかり進んだ一郎太は、はっとして動きを止め、身構えた。

――誰かおる。

息を詰め、一郎太は精神を一統した。まちがいない。十間ほど先に、人のものらしい気配が感じられるのだ。何者かが、この屋敷に忍び込んだのである。

――盗人ではあるまいか。

そうにらんだ一郎太は、闇の向こうに目を凝らした。

武家屋敷は警戒が薄い上、金目の物を盗まれても、体面をはばかって公儀に届け出ることはまずない。武家屋敷は盗人にとって、都合のよいことばかりである。

気配は音もなく、ゆっくりと縁の下を動いているようだ。紛れもなく盗人だ、と一郎太は確信した。

――我が百目鬼家の上屋敷に盗みに入るとは、不届き千万。俺が捕らえてやる。

袖をまくり上げるような思いで、一郎太は自らに気合を入れた。相手にこちらの動きを覚られないよう、追いかける。

だが三間も行かないうちに、賊が緊張を覚えたのか、肌を刺すようなぴりぴりとしたものを一郎太は感じた。

――もしや気づかれたか。

動きを止めたくはなく、一郎太は構わず賊に近づいていった。少し泡を食ったように気配が遠ざかっていく。

――やはり気づきおったか。物音を立てたわけでもないのに、俺の気配を覚るとは、盗人の分際でなかなかやる。

一郎太はなおも追おうとしたが、数瞬もしないうちに気配がかき消えた。むっ、と声を上げそうになった。

――どこに行った……。

動きを止めた一郎太は息をひそめ、気配を探ろうとした。

――縁の下から逃げ出したのか。

わからない。一郎太はそのままじっとしていた。

だが、気配は二度と戻ってこなかった。

――本当に去ったようだな。俺に気配を感じさせることなく、縁の下から出ていったというのか……。

一郎太は、うなるような気持ちだ。

――盗人にもそれほどの手練《てだれ》がいるのだな。

もしや名のある盗人ではないか。会えるものなら会ってみたい、と一郎太は半ば感心した。

――だが、俺が捕らえようとしたことで凄腕《すごうで》の盗人を追い払えたのなら、それはそれでよいことではないか。

盗まれた物もないだろう。だが、と一郎太はすぐに思案した。

――盗人が入り込んだことは、静に知らせておくのがよかろう。

そうすればそのことが重二郎に伝わり、この屋敷の警固は厳としたものになろう。

一刻も早く静の顔を目にしたく、一郎太は再び縁の下を進みはじめた。むろん、気を緩めるつもりはない。

――いなくなったと見せかけて、まだそのあたりにひそんでいるかもしれぬ。

結局、それは杞憂《きゆう》に過ぎなかった。なにごともなく一郎太は静の部屋の真下にやってきた。これまで何度も訪れているから、場所はまちがえようがない。

どのあたりに静がいるのか、頭上の気配をうかがう。

すぐ上に、やわらかな気配がしている。間近に心から愛する女性《にょしょう》がいるのを知り、一郎太は胸の高鳴りを覚えた。寝言らしい声が聞こえてきたが、それすらも愛《いと》おしい。

隣の部屋には、お付きの腰元が二人いるようだ。二人とも熟睡しているらしく、安らかな寝息が耳に届く。

――二人を起こすわけにはいかぬ。静を驚かせたくもない。

部屋の端へ動いてから、一郎太は頭上の床板をまず外した。ゆっくりと一枚の畳を持ち上げ、首を伸ばす。

隅に行灯《あんどん》が灯《とも》されており、部屋はほんのりと明るかった。これは、万が一なにかあった際、まごつくことなく動けるようにするためだ。部屋の真ん中に、布団の盛り上がりが見える。一郎太は音もなく畳に上がり込み、愛刀をそっと置いた。気息をととのえて畳を元に戻し、布団ににじり寄った。静の顔をのぞき込む。

その途端、静が目を開け、にこりとした。一郎太は瞠目《どうもく》した。

「気づいておったのか」

一郎太はささやきかけた。はい、と静がこくりとする。

「今宵《こよい》、あなたさまがいらっしゃるのではないかという気がしておりました。それで、眠らずに待っていたのです」

その言葉に一郎太は首をひねった。

「しかし、先ほどそなたの寝言らしいものを聞いたが」

「あれは、あなたさまがいらしたのがわかり、つい声が出てしまったのです」

――俺の気配を覚るとは、さすがに手練の剣客だけのことはある。

一郎太は感嘆せざるを得なかった。静は紫頭巾という異名を持つ遣い手で、一郎太の危急を救ってくれたこともある。

「こうしてあなたさまにお目にかかれて、とてもうれしゅうございます」

一郎太から目を離すことなく静が微笑《ほほえ》む。その笑顔を見て、なんとかわいい女性よ、と一郎太は心の底から思った。まさに天女ではないか。

静が上体を起こし、布団の上に端座した。

桃色の頬をしており、血色もすこぶるよさそうだ。一郎太と離れているあいだも、健やかな暮らしを続けてきたことがわかる。

——静は、自らを律することができる女性だからな。

「あなたさま、ずいぶん顔色がよろしゅうございますね」

一郎太をじっと見て静が小さく笑った。静も俺の体の具合を案じてくれているのだな、と一郎太は心弾むものを覚えた。

「そうかな」

一郎太は頬を手のひらでなでた。

「気ままな暮らしをされている割には、よろしいような気がいたします」

「毎日を気楽に過ごしているのは確かだが、むしろそのおかげで、健やかでいられるような気がする」

そうかもしれませぬな、と静が相槌《あいづち》を打つ。

「人というのは、気楽が一番よいらしいですよ。悩みや気がかりがあると、体の調子にすぐ響くそうですから」

「そういうものか。静は物知りだな」

「御典医の一人から教えていただいたのです」

「御典医というと庄伯《しょうはく》だな」

百目鬼家には数人の御典医がいるが、庄伯はその中で最も腕のよい医者である。一郎太もよく世話になった。参勤交代で他の家臣と同様、今はこの屋敷で暮らしている。

「さようでございます。庄伯どのは堅苦しさがなく、話しやすいお医者でございます。私も気兼ねなく、なんでも相談できます。あなたさまのことも、心配しておられました」

「俺のことを……」

「あなたさま、お酒は飲んでおられぬのですね」

「酒は毒水ゆえ、やめて以来、一滴も口にしておらぬ」

「それはよろしゅうございます」

静は、安心したといわんばかりの表情をしている。

「その旨、庄伯どのに伝えておきます。きっと喜びましょう」

静が一転、気がかりそうな顔になった。

「お酒のことはよいとして、あなたさま、危うい目には遭っておりませぬか。なにしろあなたさまは、常に嵐の中に飛び込んでいくようなお方ですから」

一郎太の身を静が案じるのも、よくわかる。これまで一郎太は何度も危うい目に遭い、なんとか切り抜けてきたのだ。

「実はこのようなことがあった」

椎葉虎南《しいばこなん》という凄《すさ》まじい業前《わざまえ》を持つ忍びに命を狙われたこと。そしてどういう経緯で虎南を討ち果たすに至ったか、一郎太は詳《つまび》らかに語った。

「そのようなことが……」

一郎太を凝視して静が息をのむ。

「よくぞ、ご無事で……」

「俺がこうして静の前にいられるのは、すべての策を練ってくれた照元斎《しょうげんさい》のおかげだ」

「それほどの危機に見舞われたというのに、なにゆえ私を呼んでくれなかったのでございますか」

不満そうな眼差《まなざ》しを静が一郎太に注ぐ。

「済まぬ」

一郎太は素直に謝った。

「しかし、椎葉虎南に命を狙われたのは、俺の責任だ。自分でまいた種は自分で刈りたかった。静を巻き込むつもりは、端《はな》からなかったのだ」

「私たちは夫婦でございましょう。旦那さまの命が危険にさらされているとき、妻が力になるのは当たり前でございます」

「その通りだな」

一郎太は逆らわなかった。

「だが、俺は静をまことに危険な目に遭わせたくなかったのだ。これこそが、そなたを呼ばなかった一番の理由《わけ》だ」

「あなたさまが私のことをよく考えてくださったのは、重々わかりました。過ぎたことを、くどくどいっても仕方ありませせぬ。もうこの話はおしまいにいたしましょう」

「かたじけない」

一郎太は深くうなずいた。

「しかし、あなたさま」

強い口調で静が語りかけてきた。

「次は必ず私を呼んでくださいませ。あなたさまのことですから、また危うい目に遭うことは目に見えておりますので」

「ああ、その通りであろう。承知した。次は必ずそなたを呼ぶことにいたそう」

静が満足そうに微笑した。その笑顔を見ながら一郎太は、静と最後に会ったのは、と考えた。実母桜香院《おうこういん》の四十九日の法要のときである。

「それにしてもあなたさま、いつになったら一緒に暮らせるのでございましょう」

どこか潤んだような目をして静がいった。

「うむ、俺ももどかしくてならぬ……」

一つ息を入れて一郎太は居住まいを正した。

「ところで静、そなたはどのようなところで暮らしたいと考えているのだ。町家に住めるのか」

「住めると存じます」

きっぱりとした口調で静が答えた。

「ならば、あとは御父上のお許しを得られればよいのだが……」

静の実父は現将軍として絶大な権力を握り、天下に君臨している。

静の顔が一瞬で暗くなる。

「あなたさまもご承知の通り、父上は私を溺愛しております。私が百目鬼家の上屋敷を出て町家に住むなどと聞いたら、激怒されましょう。その怒りの矛先は、あなたさまに向くものと……」

「まちがいなくそうであろうな」

現将軍は神社仏閣に多くの援助を与えるという慈悲深い一面もあるが、気性の荒さも併せ持っている。機嫌を損ねれば、一郎太は静と離縁させられるかもしれない。その気になれば、有無をいわさず実行に移すだろう。

――静と離れ離れになるなど、考えられぬ。冗談ではないぞ。

「なにかうまい手がないものか、今一度よく考えてみることにいたそう」

ただ時を稼ぐだけの言葉でしかなかったが、今はほかにいいようがない。そのことは静もわかっているようで、うなずいただけだ。

将軍がこの世を去るようなことがあれば、なにも悩まずとも済むのだろうが、静の父の死を願うわけにはいかない。

「あなたさま、今宵は泊まっていかれるのでございますね」

「もちろんだ。その気で来た」

「ああ、うれしい」

静が抱きついてきた。やわらかな重みを受け止め、一郎太は強く抱き締め返した。静を布団に優しく横たえながら、この瞬間がずっと続いてくれたら、と心から願った。

二

同じ布団で、一郎太は静と抱き合って眠った。静の体温がじんわりと伝わり、それが気持ちを安らかなものにしてくれた。

藍蔵《らんぞう》との暮らしでも、よく眠れると思っていたが、静と一緒にいるのは至福という言葉がぴったりくるもので、文字通りぐっすり眠れた。

目覚める寸前、一郎太はなにか夢を見ていたが、それを断ち切るように、どこからか鶏の鳴き声が聞こえてきた。もう朝が来たのだな、と覚り、目を開けた。

行灯はまだ油切れを起こしておらず、天井がうっすらと見えた。

――夜が明けたのなら、もう帰らねばならぬな。もっと一緒にいたいが……。

そばに寝ている静を起こさぬよう一郎太は静かに上体を起こした。

「あなたさま」

ひそめた声で静が呼びかけてきた。

「済まぬ、起こしてしまったか」

「私も、どのみち起きねばなりませぬ。帰られますか」

「そのつもりだ」

あの、といって静が起き上がった。その途端、ふわり、とかぐわしいにおいが鼻先を漂っていった。

――静のにおいだ。

一郎太は静を抱き締めたくなった。だが、もしそんな真似をすれば、帰りの刻限が少なくとも四半刻《しはんとき》は延びることになるだろう。

「なにかな、静」

一郎太は穏やかな口調で問いかけた。

「いま思い出したのですが、重二郎さまがあなたさまに会いたがっております。もし兄上が見えたらそう伝えてくれ、と頼まれておりました」

重二郎が、と一郎太は思った。

——何用なのか。それにしても重二郎は、俺が静のもとを密《ひそ》かに訪れていることを存じておったか……。

「重二郎は、なにか用があるのだろうか」

「おありなのだと存じます。詳しくは私もうかがっておりませぬが……」

「ふむ、そうか。ならば、重二郎に会っていくとするか」

重二郎は、百目鬼家の当主となって日が浅い。家中を率いる者として、いろいろと気苦労があるのかもしれない。

——昨晩の賊のことも重二郎にじかに話すほうがよかろう。

「それがよろしゅうございましょう。私が重二郎さまへの使者に立ちます」

面会のための仲立ちを静がしてくれるというのだ。

「それは助かる」

「では行ってまいります」

「重二郎はもう起きているのか」

「重二郎さまが早起きなのは、家中の者ならみな知っています。毎朝七つには起き出されていると、うかがっております」

「それはまたずいぶん早いな」

自分には真似できぬ、と一郎太は思った。一礼して、静が部屋を出ていった。

襖《ふすま》で隔てられた隣の間にいる腰元二人もすでに起き出しているらしく、一郎太が静のもとを訪れていることを知ったようだ。ただし、一郎太に挨拶すべきなのかを含め、どうすればよいのか途方に暮れているらしく、部屋の中で二人して息をひそめている様子である。

待つほどもなく静が戻ってきた。

「重二郎さまが、お目にかかるそうでございます。あなたさま、一緒にいらしてくださいませ」

「承知した」

ほっと息をついて立ち上がり、部屋をあとにした一郎太は静に続いて、ひんやりとした廊下を歩いた。

静が足を止めたのは、赤富士が描かれた襖の前である。ここは対面所だ。

「重二郎さまは、こちらでお目にかかるそうでございます」

静が一郎太をじっと見る。

「あなたさま、次はいついらしてくださいますか」

切なさを感じさせる表情で静がきいてきた。

「またすぐに来るつもりだ」

「すぐというのは、いつでございますか」

「そうさな……」

顎に手を当て、一郎太は考え込んだ。今宵だ、というのはたやすいが、果たして本当に来られるものなのか。

あなたさま、と静が呼びかけてきた。

「私はあなたさまを困らせようとは思っておりませぬ。できるだけ早くお越しください。お待ちしております」

目を落とし、静が儚《はかな》げな笑みを見せる。

「済まぬ、静」

「いえ、謝られるようなことでは……」

「静、会えてうれしかった」

「私も……。お名残《なごり》惜しくてなりませぬが、これで失礼いたします」

低頭《ていとう》して静が踵《きびす》を返す。一郎太と離れがたいのか廊下をゆっくりと進んでいく姿が、いじらしかった。

――静、まことに申し訳ない。俺は本当に駄目な亭主だ。

静が廊下の角を曲がり、姿が見えなくなった。一郎太は、次はいつまた静に会えるだろうか、と真剣に考えた。

――やはりわからぬ。できるだけ早く来るしかあるまい。

込み上がってきた寂しさを押し殺し、一郎太は目の前の襖を開けた。

驚いたことに、すでに重二郎がおり、下座に座していた。

「重二郎、なにゆえそのようなところにおる。上座に座ってくれ」

「いえ、上座は兄上がお座りくだされ。弟が座るわけにはまいりませぬ」

「馬鹿なことをいうでない。重二郎は百目鬼家の当主ではないか。上座に座るのが当たり前だ」

ならば、といって重二郎がにこりとした。

「上座と下座ではなく、この場で膝つき合わせて座るのはいかがでございますか」

提案するや重二郎が膝でにじるようにして体の向きを変えた。

「重二郎がよいなら、俺は構わぬが……」

「では兄上、こちらにお座りくだされ」

重二郎が一郎太を手招く。一郎太は素直に重二郎の向かいに端座した。

重二郎が一郎太の顔をしみじみと見る。

「兄上、お元気そうでなによりです」

一郎太も重二郎の面《おもて》をじっと見た。顔色はとてもよく、百目鬼家の当主としてつつがなく過ごしているようだ。

「重二郎も壮健そうで、よかった。政《まつりごと》のほうもうまくいっているのではないか」

はい、と重二郎がためらいなく顎を引く。

「なにも問題はありませぬ。寒天の生産も滞りなく進んでおり、おかげで台所事情も悪くありませぬ」

美濃北山《みのきたやま》藩三万石の実収は十万石といわれている。それを支えているのが名産の寒天で、材料の天草《てんぐさ》は飛び地の伊豆諏久宇《いずすくう》で大量に手に入った。

快活な口調でいったが、重二郎の目の奥に翳《かげ》りのようなものがあるのを一郎太は見逃さなかった。

――なにか悩み事があるな。

だとしたら、それを問い質《ただ》さないままでは帰れない。

――そのために俺を呼んだのかもしれぬし。

「もしなにか問題が起きたら、兄上を呼んでもよろしいですか」

重二郎にきかれ、一郎太はすかさず問うた。

「重二郎、なにか気になることでもあるのか」

「今のところはなにもないのですが、こういう平穏が長く続くとは、それがしには思えぬものですから」

重二郎は些細《ささい》なことまで気にかける質《たち》だ。しかし殿さまとしては、そのくらいがちょうどよいのかもしれない。

「そなたに呼ばれたら、飛んでくることにいたそう」

ありがたし、といって重二郎がうれしそうに笑った。

「ああ、そうだ」

思い出したことがあり、一郎太は自らの膝をはたいた。

「昨晩、この屋敷に盗人が入り込んだようだ。とはいっても、なにも盗まずに逃げ出したはずだが……。とにかく、警固を厳にするほうがよかろう」

「盗人が……」

眉根を寄せ、重二郎が顔を曇らせる。

「わかりました。兄上の仰せの通りにいたします」

「それがよかろう。ところで重二郎、なにゆえ俺を呼んだ」

「それでございますが……」

身を乗り出し、重二郎が一郎太を見つめる。二つの瞳に憂いの色がにじみ出ているのを、一郎太ははっきりと見た。

「実は明日、千代田《ちよだ》城に赴かねばならぬのです」

「ほう、登城するというのだな。なにか用事でもあるのか」

「実は若年寄さまに呼ばれました。どのような用件なのか、まだうかがっておりませぬ」

「中身がわからぬのか。それはちと不安だな」

「はい、まことに」

深くうなずいて重二郎が言葉を続ける。

「いま若年寄は四人いると思うが、どなたに呼ばれたのだ」

「永尾雅楽頭《ながおうたのかみ》さまでございます」

諱《いみな》を滋義《しげよし》といい、下野《しもつけ》国羽山《はやま》で二万七千石を領する大名である。

「重二郎は永尾どのと面識はあるのか」

「いえ、これまで一度もお目にかかったことはありませぬ」

「それなのに、いきなり呼ばれたのか」

はい、と重二郎が首肯《しゅこう》する。それで不安になるなというほうが無理であろう。

「兄上は永尾雅楽頭さまについて、なにかご存じでございますか」

真摯《しんし》な顔つきで重二郎がきいてきた。

「いや、俺も面識はない。優しいお方との評判は聞いたことはあるが、厳しいときはとことん厳しいお方だという評も耳にしたことがある」

それを聞いて重二郎が顔をしかめる。

「とことん厳しいお方……。さようにございますか」

「当家の留守居役は、その呼び出しについて、なにか知っているのではないか」

「永井さまのご用件がいったいどのようなものなのか、留守居役たちは今も懸命に調べているようですが、まだなにも明らかになっておりませぬ」

「そうなのか……。ふむ、気になるな」

「はい、まことに。しかし、悩んでいても仕方ありませぬ。腹を決めて明日、お目にかかってまいります」

それしかあるまいな、と一郎太は思った。

「済まぬな、なんの役にも立てず」

「とんでもない」

恐縮したように手を振り、重二郎が笑顔になる。

「兄上に相談できただけで、それがしは気持ちが楽になりました。ところで兄上、一緒に朝餉《あさげ》などいかがですか」

重二郎に誘われたが、一郎太はかぶりを振った。

「いや、もう帰ることにする。藍蔵が俺のことを案じているだろうからな」

「ああ、藍蔵が……。さようにございましょうな」

重二郎は残念そうだ。だが、すぐに思い直したように面《おもて》を上げて、兄上、と呼びかけてきた。

「また是非ともおいでください」

うむ、と一郎太は首肯した。

「近いうちにまた来よう」

「その日を楽しみにしております」

笑みをたたえた重二郎が低頭する。

「俺も楽しみだ」

相好を崩して一郎太は答えた。

三

今は五つ頃だろうな、と根津《ねづ》の家を目指しながら一郎太は思った。風はかぐわしさを帯びている。日光に温められて、昨夜のような冷たさはすっかり消えていた。

さわやかな風を浴び続けていると、大きく伸びをしたくなった。立ち止まり、一郎太は実際にそうした。

——今日から卯月《うづき》だ。

夏がはじまるのだな、と再び歩きはじめた一郎太は心が躍るのを覚えた。卯月になったのなら、さすがに寒さが舞い戻ることは、もうないのではあるまいか。

朔日《ついたち》といえば、と一郎太は一つ思い出した。商家では毎月朔日に、まめに働けるようにと、赤飯を食する習わしがあるそうだ。

——赤飯か。あれは実にうまいな。

一郎太の好物の一つだ。普段は大した食事を与えられていない商家の奉公人の元気の源らしい。

——商家の奉公人たちは楽しみでならぬであろうな。

武家にはまめに働こうなどという気持ちを持つ者はあまりいないから、そんな習慣は根づいていない。

赤飯のことを考えたら、一郎太は空腹を感じた。重二郎の言葉に甘え、朝餉を一緒にとるほうがよかっただろうか。

——いや、そんなことをしたら、藍蔵が落胆しよう。

いつもより帰りが遅い一郎太を、藍蔵は案じているにちがいない。急がねばならぬ、と一郎太は足を速めた。

――それにしても、永尾雅楽頭の件は気になるな。

重二郎も気にしていたが、いったいどんな用件で呼ばれたのか。

――永尾雅楽頭か……。

どんな人物か知りたくてならないが、どうすれば、在職の若年寄のことを調べられるものか。

一郎太が、じかに永尾に当たるわけにもいかない。前は大名だったといっても、今は浪人も同然の男が、若年寄においそれと面会できるわけがない。

――今の俺には若年寄のことも調べられぬのだな……。

自らの無力さを感じた。だからといって、大名をやめたことを後悔してはいない。

――その分、自由だ。自由にまさるものがこの世にあるはずがない。

ここで悩んでいてもしようがない。重二郎が永尾に会えば、それで用件が知れるのだ。

――重二郎は北山城主だ。その責任を自覚して、家中の舵取《かじと》りをしてくれるだろう。頼りになる男だからこそ、後事を託すことができたのだ。

もし重二郎が解決できない事態に至れば、一郎太につなぎがあるはずだ。

――そのときに相談に乗ればよかろう。永尾雅楽頭も、いきなり無理難題を吹っかけてくることはないのではないか。

楽観すぎるだろうか。そうかもしれないが、やはり今くよくよ考えていても仕方がないことだ。

面を上げて、一郎太は足早に歩いた。さらに日が高く昇り、江戸の町はすっかりよい陽気になっている。暑くも寒くもなく、今は一年で最もさわやかな時季といってよいのではあるまいか。

「寒くなったらまた箱根《はこね》に行きたいねえ」

「あの温泉はよかったねえ。体の芯から温まったよ」

道行く人の会話が耳に飛び込んできた。箱根か、と一郎太はすぐさま思いを馳《は》せた。

——弥佑《やすけ》はどうしているだろうか。

いま弥佑は箱根の温泉にいる。一郎太が金を出し、湯治に行かせたのである。

——存分に湯に浸《つ》かり、以前のような元気さ、健やかさを取り戻してくれればよいのだが……。

一郎太は弥佑にいろいろ苦労をかけた。椎葉虎南との戦いの際には命を救ってもらってもいる。

——もしあのとき弥佑があらわれなかったら、俺はもうこの世におらなんだであろう。

椎葉虎南を倒すための策を講じた弥佑の父の照元斎には足を向けて寝られないのは当たり前だが、弥佑にも感謝してもしきれない。その思いが高じ、一郎太は弥佑に箱根へ湯治に行ってもらったのである。

いずれまた弥佑の力を借りなければならないときが必ず来る。そのときに備え、弥佑には英気を養ってほしかった。弥佑は一郎太にとって、なくてはならぬ存在なのだ。

——きっと元気になって帰ってきてくれるはずだ。

ふと、藍蔵の案じ顔が脳裏をかすめていった。一郎太はさらに足を速めようとした。だが、そのとき背後から眼差しらしいものを感じ、むっ、と立ち止まりかけた。何気なさを装って一郎太はそのまま歩を進めた。

——何者だ。

背中で気配を探ってみた。

——なにも感じぬな。

眼差しを覚えたのは一瞬に過ぎず、今はもう消えている。

歩きつつ一郎太は後ろをちらりと振り返ってみた。暖かな陽気に誘われたように大勢の老若男女が歩いているが、こちらをじっと見ている者など一人もいない。

だからといって、勘ちがいとは思わない。誰かがまちがいなく、一郎太のことを見据えていた。

気になるが、いま眼差しの主のことを考えても仕方がない。正体など知れるはずがないのだ。一郎太はひたすら道を急いだ。

その後は、何者かの眼差しを覚えることもなく、一郎太は家に帰り着いた。戸に心張り棒は支《か》われておらず、力を込めることなく、するすると横に動いた。三和土《たたき》に足を踏み入れるや、味噌汁《みそしる》のにおいが鼻先をかすめ、空腹であることを一郎太は思い知った。

「ただいま戻った」

中に向かって声を張り上げる。

「お帰りなさいませ」

藍蔵が手拭いで手を拭きながら右手から姿を見せた。そちらには台所がある。朝餉の支度をしていたようだ。藍蔵は忠義一筋の元小姓で、今は友垣《ともがき》といってよい存在である。

「月野さま、ずいぶん遅うございましたな」

案じ顔の藍蔵が声をかけてきた。

「済まなかったな。心配したであろう」

「いえ、さして心配はしておりませぬ」

藍蔵があっさりと首を横に振る。

「なにしろ、月野さまを害せるような者など、この世にそうはおりませぬゆえ。お屋敷で奥方さまとの別れを惜しまれているのではないかと、それがしは考えておりもうした」

「静と別れるのは辛《つら》かったのは確かだが、心配していなかったというのは強がりであろう」

ははは、と藍蔵が快活に笑った。

「見抜かれましたか。月野さまの無事なお顔を拝見し、それがしは心から安堵《あんど》いたしました。もしあと四半刻でもお戻りが遅れるようでしたら、お屋敷までお迎えに行こうとまで考えておりもうした」

天栄寺《てんえいじ》で桜香院の四十九日の法要が行われたとき、一郎太が境内で対峙《たいじ》した侍のことが、藍蔵の頭から離れないのだろう。

いくらあの侍が強そうだったといっても、あのような者に俺が負けることはないゆえ心配は無用だ、と何度も言い聞かせているのだが、藍蔵はどうしても肯《がえ》んじない。

昨夜も一郎太が静のもとに行こうとしたとき、それがしもついてまいります、と言い張った。それを説得し、思いとどまらせるのは、なかなか骨だった。

「遅れたのは重二郎に会ってきたからだ」

真剣な顔をつくり、一郎太は藍蔵に告げた。

「えっ、お殿さまに……」

廊下を歩いて一郎太は居間に落ち着いた。藍蔵が向かいに端座する。

「家中でなにかございましたか」

気がかりそうな顔で藍蔵がきいてきた。一郎太はあらましを話した。ほう、と藍蔵が吐息を漏らす。

「お殿さまが永尾雅楽頭さまに呼ばれたというのでございますか……」

「藍蔵は、彼《か》の御仁を知っておるか」

「いえ、まったく存じませぬ」

藍蔵がかぶりを振る。

「お殿さまを呼び出すなど、どのような用件か、まことに気になりますな」

「なる。しかし調べようがない。今は成り行きを見守るしかなさそうだ」

「そうかもしれませぬ。――あの、月野さま。お殿さまと朝餉を済ませていらしたのでございますか」

「重二郎には誘われたが、断った。藍蔵とともに食そうと思うてな」

「さようでございましたか」

藍蔵がほっと息をついた。そのときいきなり一郎太の腹の虫が、ぎゅるるる、と鳴いた。おっ、と藍蔵が目を丸くした。

「だいぶお腹《なか》がお空《す》きのようでございますな。ただいまお膳を持ってまいります」

笑いをこらえたような顔で藍蔵が立ち上がり、居間を出ていった。駒込土物店《こまごめつちものだな》の差配にして草創名主《くさわけなぬし》を務める槐屋徳兵衛《さいかちやとくべえ》の家作《かさく》だけに造りは豪奢《ごうしゃ》といってよいが、驚くほど広い家ではない。さして待つほどもなく、藍蔵は二つの膳を据えて去り、櫃《ひつ》を小脇に抱えて戻ってきた。

卵に納豆、豆腐の味噌汁、たくあん、梅干しという献立だ。

「これはうまそうだ」

じわりと唾が湧き出てきた。

「今ご飯を差し上げます」

櫃の蓋を取り、藍蔵がしゃもじで茶碗《ちゃわん》に飯をよそった。どうぞ、と膳の上に置く。かたじけない、と一郎太は茶碗を見つめた。飯はほかほかと湯気を上げ、食い気がそそられる。

「いただこう」

両手を合わせた一郎太は、まず味噌汁から飲んだ。出汁《だし》がよく取れていて、味噌にこくがある。

「うむ、うまい」

茶碗を持ち、飯を食す。上手に炊けており、米に甘みと腰が感じられた。

「藍蔵は腕を上げたな」

心の底から一郎太は褒めた。

「おっ、さようにございますか」

破顔して藍蔵が一郎太をじっと見る。

「うむ。前はなにもできなかったのに、ここまでうまくなるとは、信じられぬ。やはり志乃《しの》の教え方がよいのであろうな」

志乃は徳兵衛の一人娘で、藍蔵とは相思相愛の仲だ。

「確かに、志乃どのは教え上手でございます。それがしのやる気を、うまく引き出してくれます。それになにより、好きこそものの上手なれ、と申します。そのためにそれがしは上達したのではないかと存じます」

「藍蔵の場合、志乃が好きだからこそ、包丁が達者になったのであろうな」

「志乃どのに褒めてもらいたくて、力を振り絞ったのはまちがいありませぬが、とにかく月野さまに喜んでいただきたい一心で、ひたすら努力いたしました」

「それは、うれしい言葉だ」

箸を動かし、一郎太は食べ続けた。

「それにしても、月野さまはとても上品に召し上がりになりますな。さすがにお育ちがよろしゅうございます」

「実をいえば、がつがつと食べたいのだが、乱暴な食べ方は食べ物に申し訳ないような気がしてな……」

「それはまたよいお心がけにございますな。それがしも見習うことにいたしましょう」

卵を割り、醬油《しょうゆ》をかけてそれを飯の上にのせる。納豆も一緒に食べると、この上なく美味だった。一郎太は至福を感じた。

「うまいなあ」

「それはよろしゅうございました」

咀嚼《そしゃく》した飯をごくりとのみ込んで、藍蔵がうれしそうに笑う。

「まこと、藍蔵は実に大したものだ」

「そんなに褒められますと、さすがに照れますな」

「照れずともよい」

「それで月野さま。朝餉を終えたら、どうなされますか」

「賭場《とば》に行こうと思っている」

「えっ、賭場でございますか」

一転、藍蔵がげんなりする。

「まずは浅草花川戸《あさくさはなかわど》に向かい、彼の地に居を構える山桜《やまざくら》一家に行くつもりだ」

ああ、と合点がいったような声を藍蔵が発した。

「あの一家に身を寄せるお艶《えん》どのと会うためでございますな。月野さま、なにゆえお艶どのに会われるのでございますか」

箸を持ったまま藍蔵がきいてくる。

「よい賭場を教えてもらうためだ」

「よい賭場でございますか。月野さまはもう賽《さい》の目は読めなくなったというのに。よい賭場であろうが、悪い賭場であろうが、必ず負けますぞ」

「負けるかどうかは、やってみなければわからぬ」

穏やかな口調で一郎太はいった。

「まず勝ち目はありますまい」

「そんなことはない。賽の目が読めなくなったからといって、ほかに勝つ手立てがないわけではなかろう」

実際のところ、本当に賽の目が読めなくなったのか、今一度、確かめたいとの思いが一郎太にはあった。

「いえ、博打《ばくち》などというものは、胴元しか儲《もう》からぬものと、昔から相場が決まっております。勝つ手立てなど、この世にあるはずがございませぬ」

「賽の目が見えずとも、勝つための方策などいくらでもあるはずだ」

「ずいぶん大言を吐かれますな」

「自信があるからだ。藍蔵、見ておれ。必ず勝ってみせよう」

朝餉を終えた一郎太と藍蔵は後片づけを済ませ、家を出た。

四

花川戸を目指す最中、一郎太は先ほどの眼差しのことを思い出した。精神を一統し、背中で背後の気配を探ってみる。

今のところ怪しい者の気配は感じられない。

「月野さま、どうされました」

肩を並べて歩く藍蔵が目ざとくきいてきた。

「なにか後ろが気になりもうすか」

「実はな……」

百目鬼家の上屋敷からの帰路、感じた目のことを一郎太は語った。

「ほう、そのようなことが……」

険しい目になった藍蔵が、後ろをちらりと見る。

「胡乱《うろん》な者は見当たりませぬな」

「今はおらぬようだが、油断はできぬ」

「月野さまに眼差しを注いできたというのは、天栄寺にあらわれた謎の侍ということは、ありましょうか」

「むろん十分に考えられよう」

「どうせなら、さっさとあらわれてほしいものでございますな」

まことにその通りだ、と一郎太は思った。

「目だけを感じさせ、こちらを焦《じ》らそうというのかもしれぬ」

「ならば、眼差しなど気にせず、泰然としているのがよろしゅうございますな」

「それがよかろう。ただし、あの侍もいずれは姿をあらわすはずだ。天栄寺での出会いが最後ということはなかろう」

「そのとき月野さまはどうなされますか」

「とっ捕まえ、正体を吐かせる」

「それしかありませぬな」

その後、一郎太と藍蔵は無言で道を歩き進んだ。

やがて花川戸に入った。山桜一家の建物が見えてくる。

一家の障子戸は閉まっていた。戸口に立った一郎太はすぐさま訪《おとな》いを入れた。

ほとんど間を置くことなく、がらりと戸が開いた。土間に、目つきの悪い若い男が立っている。中から漂い出てきた煙草《たばこ》のにおいが鼻をつき、一郎太は顔をしかめた。

「どちらさんですかい」

一郎太を見据えるようにして若い男がきいてきた。怖い顔つきをしているが、どこか人のよさそうなところも見受けられる。

若い男の肩越しに、家の中の様子が見えた。煙草の煙がもうもうと霧のように立ち込める座敷の中に、大勢の男たちが所在なげにたむろしていた。数人で一つの丼を囲み、ちんちろりんをしている者も三組ばかりあった。

「月野鬼一と申す。壺振《つぼふ》りのお艶はおるかな」

「お艶さんですかい。どんな用事か、うかがってもよろしいですかい」

「それはお艶にじかに話す」

「さようですかい」

少し鼻白《はなじろ》んだような顔をしたが、若い男は、わかりやした、といった。

「ちょっと待っていただけますかい」

いったん戸が閉められた。それとほぼ同時に、潮のにおいを含んだ風が吹き寄せてきた。

煙草のにおいが一気にさらわれていき、一郎太はほっと息をついた。

その直後、戸が再び開いた。そこにお艶が立っていた。

「月野の旦那、いらっしゃい」

うれしげに笑い、お艶が外に出てきた。後ろ手に戸を閉める。

「こちらにいらっしゃるなど、珍しいじゃありませんか。ずいぶんとお見限りでしたね」

一郎太を見つめてお艶が身をくねらせる。

「二月以来だ。ちょっといろいろあってな」

「月野の旦那のことだから、面倒をいくつも引き起こしたんじゃありませんか」

「まあ、その通りだ」

一郎太は苦笑とともに認めた。それを聞いてお艶がにこりとする。

「命があってよかったですね。もっとも、月野の旦那は、そうそうたやすくたばるようなお方ではないでしょうけど……」

殿さまの座を捨てるとの決意のもと美濃北山城を出奔し、江戸を目指して中山道《なかせんどう》を東下していた一郎太は、馬籠《まごめ》宿の近くで猪《いのしし》に襲われそうになっていた娘を救った。

それがお艶だった。あのときはただの小娘のように震えており、まさか腕利きの壺振りだとは夢にも思わなかった。

その後、お艶が壺振りに呼ばれた馬籠宿の賭場で一郎太が遊んだことが縁でさらに深く知り合うことになり、江戸での付き合いがはじまったのだ。

「それで月野の旦那、御用は」

小首を傾《かし》げてお艶が問うてくる。そんな仕草に娘らしい風情が漂う。

「よい賭場が立っておらぬか、そなたにききに来た」

「それなら——」

打てば響くようにお艶が答える。

「一つよい賭場がございますよ。前にご紹介しましたけど、深川元町《ふかがわもとまち》の烏賊造《いかぞう》親分の賭場がよろしいいんじゃありませんか」

烏賊造か、と一郎太は思った。深川西平野町《にしひらのちょう》にある転明山録刻寺《てんめいさんろくこくじ》で賭場を開いていたが、このあいだ町奉行所の手入れがあったばかりだ。同じ場所で開帳はまずできまい。

「烏賊造は新たに賭場を開いたのか」

さようで、とお艶がうなずく。

「録刻寺は手入れを受けて、駄目になってしまいましたからね。なんでも、月野の旦那も這々《ほうほう》の体《てい》で逃げ出したとか……」

そのときのことを一郎太は思い出し、顔をしかめた。這々の体というほどではないが、逃げ出さざるを得なくなったのは確かだ。

「まったく災難だったが、何事もなく済んだ」

「それはようございました」

「しかし、さすがに烏賊造だな。もう新たな賭場を開いているとは」

「町奉行所の手入れくらいで、へこたれるたまじゃありませんから。新しい賭場は、灯台もと暗し、録刻寺から、ほど近いところにあります。深川八幡《はちまん》さんの東側にある小さなお寺さんですよ」

深川八幡とは富岡八幡宮《とみがおかはちまんぐう》のことだ。江戸の者たちは親しみを込めて、深川八幡と呼ぶ。

「寺の名は」

「松塩寺《しょうえんじ》さんといいます」

変わった名の寺だな、と一郎太は思った。その思いを読んだかのようにお艶が由来を説明する。

「今から二百年ほど前のこと、江戸がひどい嵐に襲われたのち、境内の松の木がまるで雪をかぶったかのように真っ白になったそうです。海が近いですから、もちろんそれは雪ではなく塩だったのですが……」

「松に塩がついたから、松塩寺という名に変えたのか」

「いえ、そうではありません」

首を横に振ってお艶が否定する。

「相変わらず月野さまはせっかちでございますね」

済まぬ、と一郎太は謝った。小さく笑ってお艶が続ける。

「ときの住職は、松についた塩がとても質のよいものに思えたらしいのです。思い切ってその塩を使ってお吸い物をつくってみたところ、上品な味に仕上がったそうで……。それだけでなく、お風呂にも入れてみたところ、体がすごく温まったそうでございますよ」

「それで松塩寺という名になったのだな」

さようで、と今度はお艶が点頭《てんとう》した。

「そのような由来をお艶はよく知っておるな」

「最近、壺を振りに行ったのです。そのときに住職から教えていただきました」

「ああ、そうであったか」

一郎太は納得した。

「塩の風呂に入ると、体が温まるのか。知らなんだな」

「塩のお風呂のよさは、昔からよく知られているそうにございますよ」

「そうだったか。よし、今度、入ってみることにいたそう。――いや、無理だな。今の住まいに風呂はなかった……」

こほん、と咳払《せきばら》いをし、一郎太は改めて問うた。

「お艶、松塩寺の賭場は昼間から開いているのだな」

「江戸は暇を持て余している人が多いですからね。そういう人たちがたくさん集まって、ずいぶん盛っていますよ」

「そうかそうか、盛っているのか。大したものだ」

「月野の旦那、今からいらっしゃるんですね」

「そのつもりだ。お艶はどうする。一緒に来るか」

一郎太にきかれて、お艶が悲しそうな顔になる。

「実はちょっと用があるんですよ」

「用か。ならば、一緒には行けぬな」

「せっかく月野さまに誘われたのに……。これでお別れだなんて、私ゃ、残念でならないですよ」

「用があるなら仕方あるまい」

「あたしの用がなにか、きいてくださらないんですか」

「では、きこう。お艶、これからどのような用があるのだ」

「おっかさんに会いに行くんです」

その言葉を耳にして、一郎太は意外な思いにとらわれた。

「そなた、おっかさんがいたのか」

「当たり前でしょう」

憤然としてお艶がいい、一郎太をにらみつけてくる。

「あたしだって、木の股から生まれてきたわけじゃありませんよ。たまには顔を見せに来いって、うるさくて……」

一郎太の実母の桜香院は、そのようなことを一度もいったことがなかった。母親が会いに来いというのは愛情の証《あかし》だろう。

「おっかさんもお艶のことが心配で、顔を見たくてならぬのであろう」

「おっかさんの気持ちもわからないじゃないんですけど、私は月野さまのお顔をずっと見ていたい」

お艶が一郎太にしなだれかかるような素振りを見せる。一郎太は少し身を引いた。

「それはまことにうれしいことだが、お艶、しっかりと親孝行してくるのだぞ」

「ええ、ええ、よくわかっておりますよ」

苦笑いをしてお艶が首を縦に振る。

「ではお艶、名残惜しいが、これで失礼する」

「行ってらっしゃいませ。月野の旦那、たんと儲けてくださいましね」

「任せておけ」

一郎太は胸を叩《たた》き、体を翻した。

「藍蔵、まいるぞ」

そのときお艶が、あっ、と声を上げた。一郎太はさっと振り返った。

「お艶、どうした」

「いえ、神酒《みき》さまも一緒にいらしてたんだ、といま初めて気づきまして……」

「それで声が出たのか」

「な、なんと」

藍蔵が不満そうに首を横に振る。

「お艶どの、まことにわしに気づいておらなんだのか」

「ええ、済みません」

申し訳なさそうにお艶が頭を下げる。

「なにしろ、あたしの目には月野の旦那しか入っていなかったものですから……」

「先ほどおぬしが外に出てきたとき、わしになんの挨拶もなかったから、妙な気はしていたのだが……」

藍蔵は呆然《ぼうぜん》としている。

「本当に済みません」

お艶が重ねて謝る。

「神酒さま、次からはこのようなことがないようにいたしますから、どうか、ご容赦ください」

「お艶どの、次は必ずわしのことも目に入れるようにしてくれるか」

「はい、肝に銘じました」

「肝に銘じるか……。そこまでせぬと、わしの顔はお艶どのの目に入らぬのか」

天を見上げ、藍蔵が嘆く。藍蔵、と一郎太は呼びかけた。

「別に、気にするほどのことではあるまい。おぬしには、志乃という素晴らしい娘がおるではないか」

「えっ、志乃さん」

お艶が驚きの声を上げた。

「志乃さんというと、槐屋さんの娘御ですね。神酒さまは、志乃さんとよい仲なのですか」

お艶が勢い込んでたずねる。うむ、と一郎太は顎を引いた。

「二人はとてもよい感じだぞ」

「そりゃ、うらやましいですねえ。そんな幸せな人に謝っちまって、私ゃ、なにか損した気分ですよ」

「減るものではなし、お艶、まあ、よいではないか」

「ええ、まあ、そうですね」

仕方なさそうにお艶が笑った。

「では藍蔵、まいろう。お艶、失礼する」

切なそうな顔をしているお艶に別れを告げ、一郎太は藍蔵を引き連れて歩きはじめた。

五

花川戸のすぐ近くに吾妻橋《あずまばし》があり、一郎太たちは大川《おおかわ》の東岸へと渡った。道を右に曲がり、大川沿いの道を南へ下っていく。

潮が香る風に吹かれつつ、一郎太は気持ちが弾んでならない。久しぶりに博打がやれるのだ。腕が鳴ってしようがない。

深川の南の端にある富岡八幡宮までかなりあるが、一刻も早く着きたくて飛ぶように歩いた。

道は深川に入ったが、賭場の目印となる富岡八幡宮はまだまだ遠い。足を緩めることなく、ひたすら進む。

花川戸を出て半刻後、一郎太たちは深川今川町《いまがわちょう》にやってきた。ここまで来れば、富岡八幡宮まであと少しである。一郎太たちは道を左に折れた。

仙台堀《せんだいぼり》沿いを東へ歩いていく。しばらく足を運んだとき、一郎太は背後に眼差しを覚えた。

——やはりあらわれたな。

脳裏をよぎったのは、天栄寺で対峙した謎の侍である。

——来るなら来い。

一郎太は心中で身構えた。一郎太の心の動きに気づいたらしく、藍蔵が、おっ、という顔になる。

「もしや目を感じましたか」

顔を寄せ、藍蔵がささやき声できいてくる。うむ、と一郎太はかすかに首を上下させた。

だが、そのときにはすでに眼差しは消えていた。一郎太は拍子抜けした。

「いなくなったようだ」

それを聞いて、藍蔵が無念そうに顔をしかめる。

「とっ捕まえてやろうと思っていましたのに……。しかし月野さま、いなくなったからといって、油断は禁物でございますな」

「むろんだ」

一郎太たちは松永橋《まつながばし》と呼ばれる小さな橋を渡り、永堀町《ながほりちょう》に入った。橋から十間ほど進んだとき、横の路地からほっかむりをした男が飛び出してきた。

——ついに来おったか。

男がまっすぐ突っ込んできた。男は得物《えもの》らしい物を持っていない。それを一郎太は瞬時に見て取った。

——こいつはちがう。

天栄寺にあらわれた謎の侍ではなかった。

——だとしたら何者だ。

考えられるのは一つである。一郎太は避《よ》けず、男が、どしん、とぶつかってくるのをあえて待った。

突き当たる瞬間、受け身を取るように男の力を逃した。おかげで、強い衝撃を感じるようなことはなかった。

ほっかむりの中の目が、一郎太を観察するように見た。男が無言で行き過ぎようとする。

一郎太は手を伸ばし、男の右腕をがしっとつかんだ。かなり鍛えているのか、男は馬の如《ごと》き力強さを感じさせた。

ちょっとやそっとのことでは動きが止まりそうになく、一郎太は男の腕を、ぐいっとひねり上げた。

かすかにうめき、男の動きが止まった。まさか腕をひねられるとは思っていなかったのか、目が大きく見開かれた。黒々とした瞳が一郎太をじっと見る。

「痛てて……」

いきなり男がだらしない悲鳴を上げた。

「な、なにしやがる」

「おまえ、掏摸《すり》だな」

男をにらみつけ、一郎太は決めつけるようにいった。

「掏摸なんかじゃねえ。とっとと放しやがれっ」

ほっかむりから、とげとげしい目をのぞかせた男が激しく身をよじる。

「なにも盗《と》ってねえだろうが」

それは確かだ。一郎太は腕を放してやった。

だだっ、と土音をさせて男がたたらを踏んだ。その弾みでほっかむりがあおられ、顔がよく見えた。

もっとすさんだ顔つきをしているのかと思ったが、意外に端整な面立ちをしていた。

——かなり若いな。それも当たり前か。掏摸は長生きできぬらしいゆえ……。

掏摸は三十までにほとんどの者が死ぬという。三度捕まれば、死罪になるからだ。よほど運がよく、神のような腕を持っていない限り、寿命を全うできない。

男が、あわてたようにほっかむりをかぶり直す。

おい、と一郎太は呼びかけた。

「おまえは掏摸として腕がよいとは、とてもいえぬ。長生きしたければ、さっさと足を洗うのがよかろう」

「うるせえ」

男が一郎太に向かって吼《ほ》える。

「大きなお世話だ」

「人のいうことは、素直に耳を傾けるのがよいぞ。そのほうがたいてい吉と出るものだ」

「なに、偉そうにいってやがるんだ。この唐変木がっ」

一郎太を怒鳴りつけるや身を翻し、男が走りはじめた。足は速く、あっという間に姿が見えなくなった。

――あの男が、先ほどの眼差しの主だろうか。だとすれば、俺を鴨《かも》と見て金目の物を取ろうとしたのか……。

人を見る目がない掏摸だな、と一郎太は思った。

「しかし月野さまを唐変木呼ばわりとは……」

あきれたように藍蔵がいった。

「まあ、構わぬさ。あの男からすれば、そう見えたのだろう」

苦笑して、一郎太は再び歩きはじめた。月野さま、と藍蔵が肩を並べてきた。

「唐変木とはよく耳にしますが、本当の意味はどういうものでございますか。人を罵《ののし》る言葉であるのは、むろん存じておりますが」

「偏屈、わからずや、気が利かぬ者、間抜けなどを嘲《あざけ》る言葉だ」

「いずれも月野さまには当てはまらぬものばかりでございますな。それで、言葉の由来はなんでございますか」

「俺もよくは知らぬが、もともとは唐人という言葉から来ているのかもしれぬ。道理のわからぬ者や、わけがわからぬことを口にする者を、唐人のようだと罵っていた言葉だからな」

ほう、と藍蔵が嘆声を漏らす。

「唐人が唐変木になったのでございますか。なにゆえ、人が木になったのでございましょうな」

「そこまでは俺も知らぬ」

「ところで月野さま」

ふと思い出したように、藍蔵が呼びかけてきた。

「なにか盗られた物はございませぬか」

「なにも盗られておらぬ。もともと財布など持っておらぬし」

ええっ、と藍蔵が頓狂な声を上げた。

「賭場に行くというのに、財布を持っておらぬとは……。月野さまは、またそれがしの懐を当てにしているのでございますな」

「当たり前だ」

藍蔵に顔を向けて一郎太はいい放った。

「賭場だけでないぞ。勘定方の藍蔵がそばにおらねば、俺は暮らしが立ちゆかぬ。常に一文無しも同然だからな」

「な、なんと」

足を進めながら藍蔵が絶句する。

「月野さま、今のお言葉は威張っておっしゃるようなことではないと存じますが……」

「俺は藍蔵にしか威張らぬゆえ、そのあたりは大目に見てくれ」

一郎太は快活に笑い、さらに足を速めた。

すでに視界には富岡八幡宮が入ってきており、潮の香りがかなり濃くなってきていた。ここまで来れば、海はすぐ近くである。

――しかし先ほどの掏摸は、すごい足腰をしておったな。掏摸にしておくには、も

さすぎるか。

なにか、別の職につくほうがよいに決まっている。足腰が強いと、なにが向いているのか。力士はどうだろう、と一郎太は思案した。先ほどの男では、さすがに体が小さすぎるか。

——まあ、いらぬ心配だな……。

一郎太たちは富岡八幡宮の東側に回った。人にたずねるまでもなく、松塩寺はあっさりと見つかった。

お艶のいう通り、寺は小さく、目立たないところにあった。ここなら当分は町奉行所や寺社奉行所に、目をつけられることはないのではないか。

閉じている小ぶりな山門の前に、目つきの悪い男が二人、所在なげに立っていた。

「遊べるか」

男たちの前に立ち、一郎太はきいた。

「おや、お侍は」

右側の男がしげしげと見つめてくる。

「覚えていてくれたか。俺は録刻寺の賭場で遊んだことがある」

「ああ、やっぱり」

男が合点がいったような顔になった。

「確か手入れのときにも、いらっしゃいやしたね。大丈夫でございやしたか」

「ああ、無事に逃げおおせた」

「それはようございました」

やくざ者がうれしげに笑った。

「どうぞ、お入りくだせえ」

お客さんだ、とやくざ者が山門をどんどんと叩く。それに応じて、くぐり戸がすっと開いた。

「済まぬな」

くぐり戸を抜けた一郎太と藍蔵は境内に足を踏み入れた。山門の陰に佇《たたず》む男がくぐり戸をそっと閉める。

その場に立ち、一郎太は境内を見渡した。狭い境内の中に本堂が建ち、渡り廊下で庫裏《くり》と結ばれていた。境内の右端に鐘楼《しょうろう》があり、由緒ありそうな鐘が吊《つ》り下がっている。

砂利が敷かれた境内には、何本もの松の木が生えていた。いずれも、樹齢二百年以上のものとは思えない。二百年前の住職が塩の味見をした松はもう一本も残っておらず、とうに代替わりしているようだ。

本堂の前にも男が一人おり、こちらをじっと見ていた。ちんまりとした石畳を踏んで、一郎太と藍蔵は歩み寄った。

「いらっしゃいませ。こちらにどうぞ」

一礼して男が、一郎太たちを本堂に入るように促した。階段を上った一郎太と藍蔵は、回廊で雪駄《せった》を脱いだ。

戸は閉まっているが、本堂からは、むんむんとした熱気が寄せてきているのが知れた。いよいよだな、と一郎太は血がたぎるのを覚えた。

「お履物は預からせていただきやす」

男が二足の雪駄を手にする。これはもめ事などがあった際、逃げにくくするためだろう。裸足《はだし》で砂利の上を走るのは相当きつい。

「お入りくだせえ」

手を伸ばし、男が戸を開けた。煙草のにおいが漂い出てきた。むっ、と眉根を寄せたが、気を取り直して一郎太は藍蔵とともに本堂内に入った。

おびただしい数の百目ろうそくが惜しげもなく灯されており、賭場はまぶしいほどに明るかった。大勢の男たちが集まっており、熱気が渦巻いて暑いくらいだ。

背後で戸が閉まる。もうもうと漂う煙草の煙に、一郎太はむせそうになった。

――博打は楽しくてならぬが、この煙だけはなんとかしてもらいたいものだ……。

だが、賭場に集まっている男たちに、煙草を吸うなともいえない。なにしろ江戸っ子の八割がたしなんでいるという話もあるくらいなのだ。吸わない者のほうが、むしろ珍しいのである。

一郎太は藍蔵とともに帳場に向かった。

「いらっしゃいませ」

帳場囲いの中に座る男が一礼する。賭場に烏賊造の姿はなかった。賭場は子分たちにすべて任せているようだ。

「お侍、お腰の物を預からせていただきます」

丁重な口調で、男が申し出てきた。謎の侍もここまではさすがに来ぬだろう、と一郎太は踏んだ。

――仮にあの侍があらわれたとしても、丸腰でなんとかなろう。決して後れを取るような相手ではない。

一郎太は腰から大小を鞘ごと抜き取り、帳場囲い越しに男に渡した。

「立派な差料《さしりよう》でございますな」

刀を手に取った男が、ほれぼれしたようにいう。

「自慢の愛刀だ。大事に扱ってくれ」

「はい、よくわかっております。お任せください」

藍蔵は両刀を手放すのが心許《こころもと》ないらしく、少し不安げな顔をしたが、覚悟を決めたように男に差し出した。ありがとうございます、と男がうやうやしく受け取る。

一郎太は藍蔵の横顔を見つめた。

「よし、一両貸してくれ」

藍蔵が一郎太に顔を向けてくる。

「月野さま、必ず返してくださいましね」

「もちろんだ」

藍蔵から一枚の小判を受け取り、一郎太は男に手渡した。

「では、こちらをどうぞ」

差し出された一両分の駒を持ち、一郎太はいそいそと盆茣蓙《ぼんござ》に向かった。

一人が休憩するのか、ちょうど盆茣蓙を離れていった。壺振りの斜め前で、かなりよい場所である。一郎太はそこに陣取った。

しばらくのあいだ勝負は見送り、賽の目が見えるかどうか、目を凝らした。

やはり見えなかった。

――力は失われてしまったか……。

一郎太としても、今やそのことを完全に認めざるを得なかった。

賽の目が読めなくなった今、どうすれば勝てるか。頭を働かせた一郎太は、手立てとしては一つだ、と結論づけた。

――壺振りの癖を見抜くしかあるまい。

精神を一統し、壺振りの所作を見つめ続ければ、必ず勝利につながるなにかが見えてくるはずだ。

一郎太は四半刻ほどのあいだ勝負に加わらず、壺振りをひたすら凝視していた。

「お侍、勝負はされないんですかい」

壺振りの隣に座る中盆《なかぼん》が、焦れたようにきいてきた。よい場所を占めているのに、いつまでも見《けん》されては商売にならないというところであろう。

確かに見ているだけでは迷惑でしかあるまいな、と一郎太は思った。

――よし、やるか。

壺振りの癖も、つかんだような気がする。

――まずまちがいないと思うが……。

だが、一郎太はあっさりと負け続けた。負けるたびに、後ろで藍蔵がはらはらしているのがわかった。

「月野さま、大丈夫でございますか。駒があと四つしかありませぬ」

気が気でないという風に藍蔵が、小声できいてくる。

「なに、大丈夫だ」

振り返って一郎太は請け合った。強がりでなく、余裕の笑みを浮かべる。

「まことでございますか」

藍蔵は半信半疑という顔つきだ。

「任せておけ」

痛い目に遭い続けたことで、今度こそどうすれば勝てるか、わかったのだ。

——これからは勝ち続けてやる。

眼前の壺振りは、親分の烏賊造が絶大な信を置いているのだろう。素晴らしく腕がよく、意のままに賽の目を操っているのはまちがいない。

壺振りは壺を伏せてしばらくしたのち、丁の目を出すときに限り、右腕の筋がほんのかすかに浮き出るのだ。常人では目を凝らしてもわからないかもしれないが、一郎太には、はっきりとそれが見えた。教えれば、藍蔵も見て取るはずだ。

その一方で、半のときは右腕の筋は浮き出ない。

最初、一郎太が壺振りの癖をつかんだと勘ちがいしたのは、丁の目を出す際、右手の小指がかすかに震えるのが知れたからだ。だが、それは癖などではなかったらしい。

もしかすると、と一郎太は今になって覚った。ある馴染《なじみ》客を勝たそうとして、壺振りは馴染客への合図として、わざと小指を震わせていたのかもしれない。

十分に儲けたその客が引き上げてからは、小指を動かす必要がなくなり、そのために一郎太は丁半どちらが出るのかわからず、負け続けることになった。

――あの小指にはまんまと騙《だま》されたが、右腕の筋が浮き出るのは、故意に行っているわけではあるまい。

壺振りは烏賊造の命で、ここにいる誰かから金を巻き上げようとしているのかもしれなかった。

いかにも金を持っていそうな者が何人かいる。大店《おおだな》の商家の隠居とおぼしき者、大寺の住職らしい者、いくつも家作を所有していそうな者。

負かそうとしている客の目星がついた。その客が、仮に半に賭けたとき、壺を開ける刹那《せつな》、壺振りがそれとわからないように腕に力を込めて賽の目を丁に変えている。壺や盆茣蓙にどんな仕掛けがあるか知れないが、それゆえ筋が浮き出るのではないだろうか。

その客の逆目に張ってみた。実際のところ、それから一郎太は負けなかった。

それでも、三度に一度はあえて負けるようにした。そうしないと、他の客が一郎太と同じ目に賭けてしまい、勝負が成立しなくなるからだ。

四半刻ほどで、それまでの負けを取り戻し、さらにその後の半刻で六両ほどの駒を目の前に積み上げた。

このくらいでよいかな、と一郎太が思ったとき壺振りが交替した。

それを見て、一郎太は勝負を切り上げた。

およそ二刻で五両も稼いだ。十分だろう。それに、久しぶりの鉄火場でかなりの疲れを覚えている。

祝儀に駒を四つばかり盆茣蓙に放ってから、一郎太は立ち上がった。他の客だけでなく中盆までもが、すごいなあ、といいたげな顔で一郎太を見上げている。

一郎太は帳場に向かって歩きはじめた。

「やりましたな」

後ろから藍蔵が話しかけてきた。

「さすが月野さまでござる。それがしは、必ず勝たれるものと信じておりましたぞ」

藍蔵はほくほくと笑んでいる。その屈託のない笑顔を見て、一郎太は心が満たされるのを感じた。

「そうであったか。こうして勝てたのは藍蔵のおかげだ」

「ほう、それがしの……」

「藍蔵は、博打などせぬほうがよい、必ず負けるといったが、実はあれは、必ず勝つように、俺を奮い立たせるための言葉だったのであろう」

「もちろん、そのつもりで申し上げもうした」

胸を張って藍蔵が答えた。

「それゆえ、勝てたのは藍蔵のおかげだ」

一郎太は帳場で残りの駒を換金した。その場で藍蔵に借りた金を返す。

「おっ、月野さま。二両もありますぞ」

二枚の小判を手にして藍蔵が驚く。

「一両は利子だ」

「これはありがたい。たった二刻、一両をお貸ししただけで倍になるとは、博打もなかなかよろしいものでございますな」

やくざ者に両刀を返してもらい、外に出ようとしたとき、一郎太は後ろから誰かがじっと見ていることに気づいた。

敵意はまったく感じられなかったが、賭場でこれほど強い眼差しを注いでくる者がいるとは、にわかには信じられなかった。

――天栄寺の謎の侍とは思えぬが……。

もしそうならこの場で退治してやる、との決意を露《あら》わに一郎太は振り返った。

二間ほどを隔てて一人の男が立っていた。

「百目鬼さま」

小声で呼び、男がすり足で近づいてくる。一郎太は男を凝視した。

歳《とし》は、まだ三十前のように見えた。見覚えがある顔だ、と思った途端、男の名がよみがえった。

「松太郎《まつたろう》ではないか」

一郎太は驚きの声を上げた。おっ、とつぶやき、藍蔵も瞠目している。

目の前に立つ男は川村《かわむら》松太郎といい、洲阿衣《すあい》陰流《かげりゅう》山沖《やまおき》道場で、一郎太や藍蔵とともに汗を流した仲である。

おや、と一郎太は首をひねった。松太郎が遊び人のような恰好《かっこう》をしていたからだ。

――まさか川村家が取り潰しになり、このような形《なり》をしているのではあるまいな。

ちがうな、と一郎太は即座に否定した。松太郎はきっとわけがあって、こんな形をしているにちがいない。

――たぶんお役目であろう……。

「松太郎、久しいな」

少し前に出て一郎太は笑いかけた。

「まことに。しかしまさかこのようなところで、百目鬼さまにお目にかかるとは思いもいたしませなんだ」

「松太郎、実は俺はもう大名ではない。百目鬼も名乗っておらぬのだ」

「はい、存じております」

かしこまって松太郎が答えた。

「そうであろうな」

なにしろ松太郎は、将軍の耳目といわれる御庭番なのだ。一郎太が今どういう境遇にいるのか、知らないはずがなかった。

「松太郎こそ、なにゆえこのようなところにいるのだ。なにか探っているのか」

声をひそめて一郎太はたずねた。松太郎がにこりとした。

「探るというほどのことではありませぬ。世情の噂《うわさ》を耳にするのに、賭場ほどよい場所はありませぬ。それにここは盛っている賭場で、いろいろな者が出入りいたしますので……」

「世間の動きを知るに恰好の賭場というわけか。それでどうだ、江戸は平穏といえるか」

「今のところは……」

「今のところはか……」

松太郎には、なにか屈託があるように見えた。思い直したように松太郎が続ける。

「しかし百目鬼さま、いや、今は月野さまでございましたな。博打もまことにお強い。壺振りの思惑を、あっさりと見破られましたな」

ほう、と一郎太は嘆声を漏らした。

「おぬしもわかっていたのか」

「それはもう……」

考えてみれば、松太郎は道場でもかなりの手練だった。一郎太には及ばないまでも、藍蔵とはほぼ互角だったのだ。かなりの強豪といってよい。

「積もる話があるゆえもっと話をしていたいが、おぬしの仕事の邪魔をしては悪い。松太郎、これで失礼するぞ」

「月野さま、神酒どの、お目にかかれてうれしゅうございました」

「松太郎どの、わしがちゃんと目に入っていたのだな」

うれしそうに藍蔵が語りかける。

「もちろんです……」

戸惑ったような顔で松太郎がうなずいた。

「松太郎、そのうちゆっくりと話をしよう」

「はい、是非」

松太郎が顔を輝かせていった。その表情を見て、一郎太は軽く咳払いをした。

「松太郎、住処《すみか》は今も変わらぬのだな」

「はい、前と同じです」

川村屋敷は、書院番や大番、新番、小姓組など番衆が多く暮らす番町《ばんちょう》の表二番町《おもてにばんちょう》にある。

「わかった。近いうちに訪ねるかもしれぬ」

「おっ、さようですか」

松太郎が目をみはる。俺の住処は、と教えようとして一郎太はとどまった。松太郎は、一郎太と藍蔵が根津に住んでいることなど、とうに承知していよう。

「松太郎、町奉行所の手入れがあるかもしれぬ。気をつけることだ」

「よくわかっております。しかし、それがしは大丈夫と存じます」

松太郎がにやりとしてみせる。自信満々な顔つきだ。

「手入れごときで捕まっていたら、御庭番は務まらぬか」

「そういうことです」

「それだけ自信があるなら、なにも心配はいらぬな」

一郎太は松太郎に別れを告げようとした。だが、一つきいておくべきことを思い出し、松太郎に質した。

「松太郎、おぬしは若年寄の永尾雅楽頭という者を知っておるか。御庭番を差配しているのは若年寄だったな」

「永尾さまは、お名しか存じておりませぬ。我らの組を差配されているのは、別の若年寄さまですので」

若年寄の定員は四人である。直属の若年寄のことならよく知っているかもしれないが、永尾のことを松太郎が知らないというのは無理もない。

「ならばよい。今の言葉は忘れてくれ」

「承知いたしました」

「では松太郎、これで失礼する」

「はい、お元気で」

「松太郎もな」

会釈し、一郎太は藍蔵とともに本堂をあとにした。

六

やくざ者に雪駄を返してもらい、一郎太は階段を降りた。

――しかし、まさかこのようなところで松太郎と会うとは……。

とにかく元気そうでなによりだ、と一郎太は思った。境内を歩きはじめる。

もうもうたる煙草の煙から解放されて、さすがに安堵の思いを隠せない。大きく呼吸すると、清々《すがすが》しい大気が体に取り込まれ、頭を押さえつけられているような重苦しさが消えていった。

しかし、着物に染みついた煙草のにおいはなかなか取れそうにない。洗濯しなければならない。

煙草というものは、と一郎太は山門を目指しつつ思った。

——体に悪いのではないだろうか。酒と同じで、やめるほうがよい類《たぐい》のものとしか思えぬ。よし、今度、上屋敷に行ったとき庄伯にきいてみよう。

「おっ、もう暗くなりつつありますな」

空を見上げて藍蔵がいった。

「まことだな」

賭場にいると、ときがたつのが実に早い。すでに太陽は西の空に没しようとしていた。潮混じりの風は涼しさを帯びている。

一郎太は肌寒さを覚えた。風邪を引かぬうちに帰ろう、と思った。

山門のくぐり戸をくぐり、一郎太たちは外に出た。入れちがうように、四人の町人とおぼしき男が境内に入っていく。

若い者もいれば、かなり歳がいった者もいたが、四人とも顔がひどくぎらついていた。必ず勝ってやる、との思いがむき出しになっている。それを目の当たりにして一郎太はぎくりとした。

——もしや俺も、賭場に行くたびにあのような顔をしているのだろうか……。

博打は大好きだが、と一郎太は顔を歪《ゆが》めて思った。

——もしあのような顔つきになっているのなら、やめるべきではないのか。

四人とも、人ではないような顔をしていた。あれでは、ただの獣ではないか。

——安易に金を稼げるのも、よくないような気がするな……。

博打は悪いところばかりではないか。さらに俺は、と一郎太は考えた。北町奉行の飯盛下総守《いいもりしもうさのかみ》から月に五十両もの給銀を受けている。町奉行所が解決に苦慮する難事件を解き明かすための助力をしてほしいと、依頼を受けているのだ。

——給銀はすべて藍蔵に渡してある。とはいえ、五十両もの大金を受け取っているのなら、そちらに持てる力のすべてを注ぐべきではないのか。

ただし、今すぐに博打をすっぱりやめようという決断は、さすがに下せなかった。

——一度じっくりと考えてから、やめるかどうか、決めることにいたそう。

「ありがとうごぜえやした」

山門のところにいた二人のやくざ者が丁寧に頭を下げてきた。

「世話になった」

笑みを浮かべて返し、一郎太は藍蔵と肩を並べて歩きはじめた。西へと道を取る。

ようやく陽気がよくなってきたせいもあるのか、暗くなってきた中、大勢の町人がそぞろ歩きをしている。すでに酒が入り、呂律《ろれつ》が怪しくなっている者も少なくない。

——酒か。俺はすっぱりとやめたが、やはりなかなかやめられぬのであろうな。

なにしろ酒はうますぎるのだ。一郎太も酒を欲して、喉がうずくことがまだある。

──しかしこのまま一滴も飲まずにいられれば、重い病にかかることなく生涯を過ごせるかもしれぬ。

そのことは庄伯がいっていた。庄伯は名医である。その言に従っておけば、きっとよいことがあるはずだ。

一郎太たちは西へと歩き続けた。あと少しで深川今川町《ふかがわいまがわちょう》に入るというところで、前途を遮るように一人の侍があらわれた。

むっ、とうなり、一郎太は足を止めた。藍蔵も同様で、侍をにらみつけていた。侍は頭巾をすっぽりと被《かぶ》っている。母の桜香院の法要が行われた天栄寺で、一郎太の前にあらわれた侍だ。

──ついにあらわれおったか。待っていたぞ……。

「身ぐるみ脱いで置いていけ」

侍が、天栄寺での初対面のときと同じ言葉を吐いた。

「おぬしは本気で俺を倒そうという気があるのか。あるなら、なにもいわずに斬りかかってくるのが筋ではないか」

一郎太は問いかけた。だが、頭巾の侍はなにもいわない。ただ鋭い目で一郎太をじっと見ているだけだ。

「おぬし、なにか子細があるのではないか」

一郎太はそんな気がしてならなかった。

「さて、どうかな」

侍が目元に不敵な笑みを浮かべた。

「ところで、博打はそんなにおもしろいか」

烏賊造の賭場からつけておったのか、と一郎太は思った。いや、もっと前からかもしれない。

気づかなかった。迂闊《うかつ》だった、と一郎太は心中でほぞを嚙《か》んだ。

——それにしてもこの男、やはりなかなかやる。

「ああ、おもしろいな」

平静さを装って一郎太は答えた。

「金も稼げるし、博打ほど楽しいものはなかなかない」

「いくら稼ごうと、博打など身を滅ぼすもとだ。やめておけ」

一郎太自身、先ほどやめようかと考えたばかりだ。この男に指摘されるなど、おもしろくなかった。

「余計なお世話だ」

意地になって、一郎太はいい放った。博打を続ければ、いずれ身を滅ぼすのは本当のことかもしれないが、このような者に強制されてやめるべきものではない。

――この唐変木が、と怒鳴った掏摸の男の気持ちがよくわかるな。

じり、と土をにじり、侍がゆっくりと近づいてきた。

「わしのいうことを聞かぬつもりか」

一間ばかりを隔てたところで足を止め、凄《すご》みを感じさせる声音で侍がいった。

「当たり前だ」

侍をねめつけて一郎太は昂然《こうぜん》といい返した。

「なにゆえきさまの言葉を聞かねばならぬ」

「ならば、斬る」

いきなり侍が刀を抜いた。

「なんと、乱暴な……」

あきれて一郎太はつぶやいた。

「きさま、本気か」

「本気でなければ、刀など抜かぬ」

「いったいなにが目当てだ」

「目当ては、うぬの命よ」

「ならば、やむを得ぬ。俺も、おのれを守らねばならぬ」

腰を落とし、一郎太は抜刀した。藍蔵が一郎太をかばうように、前に出ようとする。

一郎太はそれを制した。

「藍蔵、おぬしは手を出すな」

「えっ」

藍蔵が驚きの顔を向けてくる。

「藍蔵、承知か」

真剣な目で一郎太は藍蔵を見据えた。侍を殺す気はないことを瞳で伝える。

「承知いたしました」

低頭して藍蔵が後ろに引き下がった。

近くを歩いていた町人の一人が、うわっ、と悲鳴を発し、あわてて横にどいた。他の者たちが、抜いてるぞ、斬り合いだ、と叫んで一郎太と侍を遠巻きにする。数瞬で野次馬の垣ができ上がった。

「行くぞっ。覚悟せい」

ためらうことなく深く踏み込んできて、侍が上段から刀を落としてくる。ずいぶんと場馴れしておる、と一郎太はその姿を見て直感した。

真剣での戦いにおいては怖さが先に立ち、度胸が据わった者でも、なかなか足を踏み出せないものだ。そのために、互いに腰を引いての戦いになることが多い。

だが、目の前の侍はそうではなかった。恐れた様子もなく一気に踏み込んできた。

場数を踏んでいない限り、このような真似はできはしない。

――やはり強敵だ。

一郎太は、侍の斬撃を愛刀の腹で弾《はじ》き上げた。がきん、と激しい音が立ち、その衝撃で侍が後ろに下がる。

その機を逃さずに一郎太は突っ込み、侍を間合に入れた。同時に胴に刀を振る。

体勢を素早く立て直し、侍が刀で一郎太の斬撃をはたき落とそうとする。

その動きがはっきりと見えた一郎太は刀を変化させ、侍の太ももを狙った。足に怪《け》我《が》を負わせ、動けなくしようとしたのだ。

だが、侍はその場で飛び上がり、一郎太の斬撃をぎりぎりでかわしてみせた。

――ほう、やるな。

いち早く刀を引き戻した一郎太は、侍が着地する瞬間を待たずに斬り込んだ。

地面に足をついた侍が一郎太の袈裟《けさ》懸《が》けを刀で打ち返してきたが、両足を踏ん張れなかったせいか、その斬撃に威力はほとんど感じられなかった。

侍が一郎太の攻勢に押され、また後ろに下がった。それに付け込み、一郎太は侍の懐に向かって突っ込んだ。

侍があわてて刀を振り下ろしてくる。遅い、と内心でつぶやき、一郎太は刀を振り上げていった。

一郎太の斬撃をよけようとして、侍が体をよじる。ぴっ、と音がした。侍の右腕の袖が切れ、一筋の血が噴き出してきた。

うっ、とうめいたが、侍はなおも刀を逆胴に振ってきた。

一郎太はそれを楽々と弾き返した。その衝撃だけで侍がよろける。

足に傷を負わせるのに、これ以上の好機はなさそうだ。一郎太は突進しようとしたが、むっ、と声を出してとどまった。

頭巾の中に見える侍の両眼が、敵意を感じさせないものだったからだ。戦意などこを探してもない。

なにゆえこのような目をしているのだ、と一郎太は考えた。

――今こやつは本気を出して戦っておらぬ。本気を出してみせたのは、最初の一撃だけだ。

もし本気で戦っているなら、侍の実力はこんなものではないはずだ。もっとずっと強かろう。

やはりなにかわけがあって、この侍は戦いを挑んできたのであるまいか。きっとそうだ、と一郎太は思った。

――いったいどんなわけがあるのか。

ここで考えたところでわかるはずがない。捕らえて吐かせるのが一番の手だ。

それに、と一郎太は思った。わけありではないかというのは、ただの推測でしかない。今は真剣で戦っている最中で、死ぬか生きるかである。この侍を殺す気はないといっても、決して気を緩めるわけにはいかない。ここで容赦すれば逆襲を食らい、深傷《ふかで》を負ったり、死んだりするのは、こちらかもしれなかった。

――よし、行くぞ。

土を蹴って突っ込んだ一郎太は、侍の足に向かって刀を振り下ろした。侍が横に動き、一郎太の斬撃をかわそうとする。だが、その動きよりも一郎太の刀のほうが速かった。

ぴしっ、と音が立って、侍の袴《はかま》が二つに裂けた。血は噴き出してこなかったが、侍に二つ目の傷を負わせたのは、手応《てごた》えからしてまちがいなかった。

――浅傷《あさで》だな。今ので動けなくなったかどうか……。

侍は刀を正眼に構えている。腕から出た血が、袖を通じて地面に滴り落ちはじめている。それを見て、侍が喧嘩《けんか》に負けた犬のように力なげに目を落とした。いきなり袴の裾を翻し、だっと走りはじめる。

周りを野次馬が取り囲んでいたが、侍に突っ込まれた者たちが、わあ、と悲鳴を上げて逃げ惑う。

野次馬の垣をあっさり突破した侍は、太ももに傷を負っているにもかかわらず、逃げ足はかなり速かった。

今は、と一郎太は思った。

——傷の痛みを感じておらぬのか。

無事に逃げ延び、気持ちが落ち着きを取り戻したとき、強烈な痛みが襲ってくるに相違なかった。

逃げ足の速さに加え、すでに暗くなりつつあった。追ったところで追いつけそうにない。

端から一郎太には追う気もなかった。刀を鞘におさめ、逃げる侍の姿を見送った。すぐに見えなくなった。

「月野さま、追わぬのでございますか」

大きく目を見開いて藍蔵がきいてきた。

「あの侍にはなにやらいわくがありそうだからな」

今の戦いになにか意味があるなら、あの侍は一郎太の前に、再びあらわれるのではないだろうか。

「いったい何者でしょうか」

侍が消えたほうを眺めて、藍蔵が小声でいう。さあ、と一郎太は首をひねった。

「さっぱり見当がつかぬ。藍蔵」

一郎太は呼びかけた。

「家に戻ろうではないか。腹が減った」

その頃には野次馬たちは散っており、その場に残っている者はほとんどいなかった。日は完全に没し、あたりは闇に包み込まれつつあった。

「わかりました」

懐から提灯を取り出し、藍蔵が手際よく火を入れた。ほんのりとした明るさが、地面を照らし出す。

「まいりましょう」

提灯を下げた藍蔵が一郎太の前に立ち、歩きはじめた。

七

今宵は新月だから月はない。もっとも、空は雲に覆われているようで、星の輝きもまったく見えなかった。

夜は更けつつあるが、今も大勢の者が道を行きかっている。ようやく寒さが消え、誰もが気持ちが軽やかになっているようだ。そぞろ歩きが楽しくてならないのではないか。

颪はまだ少し冷たいが、昨夜ほどの寒さではない。外に出たくなるのも当然だ。

空腹を抱えつつ歩き続けていると、根津の家が視界に入った。もうじき腹を満たせる、と思うと、一郎太はさすがにほっとした。闇の中、明かりが灯っていない家は、どこか寂しげに佇んでいるように見えた。

——人がおらぬと、家も心細いのかもしれぬな……。

いち早く戸口に立った藍蔵が懐から鍵を取り出し、解錠した。鍵を抜き取り、戸を横に滑らせる。

すぐには中へ入らず、一郎太の命を狙う者が入り込んでいないか、藍蔵が提灯を掲げて中の気配を嗅ぐ。ふむ、と鼻を鳴らし、提灯を吹き消す。

「誰も忍び込んでおらぬようですな」

一郎太も同感である。怪しい者の気配は感じ取れなかった。

「月野さま、お腹がお空きになったでしょう。すぐに夕餉の支度にかかります」

「かたじけない。藍蔵も疲れているだろうに、まことに済まぬ」

なに、といって藍蔵が笑う。

「今日、それがしはなにもしておりませぬ。博打もしておりませぬし、真剣で戦ってもおりませぬ。それゆえ疲れておりませぬ」

藍蔵が夕餉の支度にかかるために、台所に向かった。居間に落ち着いた一郎太は喉の渇きを覚え、火鉢の上の鉄瓶に水が入っていることを確かめてから、湯飲みに注《つ》いだ。

ごくりと一口味わったとき、戸口のほうから女の声が聞こえた。あの声は、と湯飲みを文机《ふづくえ》の上に置いて、一郎太は立ち上がった。

「俺が出る」

藍蔵に伝えて一郎太は戸口に急いだ。三和土に降り、外の気配を探ってから戸を静かに開ける。

案の定、そこにいたのは槐屋徳兵衛の娘志乃である。火が入った提灯を手にしている。

「おう、志乃、よく来た」

「志乃が来たぞ」

藍蔵っ、と一郎太は台所に向かって声を放った。

泡を食うようにして藍蔵がやってきた。

「志乃どの」

上気した顔で、藍蔵が志乃を見つめる。志乃が気恥ずかしそうに微笑む。

「神酒さま、こんばんは」

「あ、ああ、こんばんは」

「志乃、入ってくれ」

にこりと笑って一郎太はいざなった。

「いえ、お邪魔するまでのことではありません。夕餉のお誘いでございますから」

「ほう、夕餉か」

そいつはうれしいな、と一郎太は思った。藍蔵が包丁を振るう料理も悪くないが、槐屋でいただく食事は格別である。

はい、と志乃が形のよい顎を引く。

「おとっつぁんが、よい鰺《あじ》が入ったのでいかがですか、と……」

「なにっ、鰺だと。俺の大好物だぞ」

特に初夏の鰺は旬で、脂がよくのっている。美味なこと、この上ない。

「藍蔵も鰺は大好きだ」

「はい、月野さまのおっしゃる通り、それがしは鰺に目がありませぬ」

「では、いらしてくださいますか」

「もちろんだ」

よい鰺と聞いて、一郎太たちに否やがあるはずがなかった。

――徳兵衛がよいというのだ。よほどの鰺であろう。

「藍蔵、行くぞ」

「月野さま、そんなにあわてずとも鯵は逃げませぬ」

藍蔵が前掛を取り、手早くたたんで式台《しきだい》の上に置く。

「できるだけ早く食べるほうが、うまいに決まっていよう」

「新鮮なほうがおいしいのは確かでございますな……」

藍蔵、と一郎太は呼んだ。

「志乃の前で恰好をつけておるのではないか。そなたが食いしん坊であることは、志乃にはとうにばれておるぞ」

「ええっ」

跳び上がらんばかりに藍蔵が驚く。

「なんだ、志乃が気づいていないとでも思っていたのか。相変わらず鈍い男だ」

「あの、志乃どの、知っていたのでござるか」

恐る恐るという態で藍蔵がたずねる。

「はい、神酒さまが食いしん坊なのはすぐにわかりました。どのような料理をお教えしても飲み込みが早いのは、食いしん坊の証ではないかと存じます」

「志乃は、そなたが食いしん坊であることを褒めてくれているのだ。別に恥じるようなことではない」

「志乃どの、月野さまのおっしゃる通り、恥じずともよろしゅうござるか」

心配そうに藍蔵が志乃にきく。はい、と笑みを浮かべて志乃がうなずいた。

「食いしん坊の方は舌が肥えていますから、料理の味がよくわかります。なにも考えずにたくさん食べる人とは異なり、料理をじっくりと味わいます。食いしん坊は心から食を楽しむことを知っていると、私は思っています」

「ああ、なんと素晴らしい言葉であろう……」

感極まったように藍蔵がいう。

「藍蔵、よかったな」

一郎太は藍蔵の肩を叩き、笑いかけた。

「今以上の褒め言葉はあるまい」

「まったくでございます」

「ところで藍蔵、火の元は大丈夫か」

「大丈夫でございます。今はなにも火にかけておりませぬ」

「ならばよいな」

戸締まりをし、一郎太たちは志乃とともに槐屋に向かった。ほんの一町しか離れておらず、あっという間に到着した。

「ようこそいらっしゃいました」

あるじの徳兵衛自ら、一郎太たちを出迎えてくれた。

「徳兵衛、お言葉に甘えて来させてもらった。よい鰺と聞いた。楽しみでならぬ」

「手前は月野さま、神酒さまのお顔を拝見できて、無上の喜びを覚えておりますよ」

「無上の喜びとは、相変わらず徳兵衛は大袈裟《おおげさ》だな」

「いえ、本心でございます」

さっそく一郎太たちは座敷に通された。そこにはすでに料理が並べられていた。一郎太と藍蔵は、徳兵衛に勧められるままに座布団に座った。目の前の何枚かの皿には、刺身、たたき、天ぷら、塩焼、酢の物などがあふれんばかりにのっている。

――こいつはすごい。

一郎太は目を奪われた。これまで鰺は好きでよく食べてきたが、これほど豪華な献立を目にするのは初めてだ。ごくりと唾を飲み込んだ。

「どうぞ、お召し上がりください」

向かいに座した徳兵衛にいわれ、空腹でたまらなかった一郎太はすぐさま箸を取った。

――がつがつするような真似をしてはならぬぞ。

一郎太は自らに言い聞かせた。生姜《しょうが》をのせて醤油につけ、まず刺身を食した。案の定、脂がよくのっており、実に美味だ。

次に、つゆにつけて天ぷらを食べる。衣はさっくりと揚がり、身はふっくらしていた。油の甘さと身のうまさが体にしみ渡るようだ。

たたきも塩焼も酢の物も、言葉にできないほど素晴らしかった。

「こんなにおいしい鯵料理は初めてだ。名だたる料亭に来たような気分だぞ」

心の底から一郎太がいうと、徳兵衛がうれしそうに笑んだ。

「それはようございました。お招きした甲斐《かい》がございました」

――こんなにうまいものを食べられるとは、俺はなんと幸せ者だろう。

横に端座している藍蔵が、ぶつぶつつぶやいているのが一郎太の耳に入った。

「藍蔵、どうした。さっきからなにをいっている」

「いえ、このようなものを食べられるそれがしは、前世でいったいどのような功徳《くどく》を積んだのかな、と思いまして……」

「相当の徳を積まぬ限り、これほどのものは食べられぬであろう。藍蔵は前世で、徳の高い僧侶だったのかもしれぬ」

「ああ、なるほど」

藍蔵が納得したような声を発した。

「だから現世では、僧侶が禁じられている魚を、こうして存分に食べられるわけですな。しかし、それは月野さまも同様ではございませぬか」

「確かにそうだな」

一郎太は認めた。

「俺と藍蔵は、同じ寺で修行した仲だったのかもしれぬ。それゆえ、俺たちは腐れ縁が今も続いているのだ」

「まこと腐れ縁でございますなあ」

一郎太と藍蔵のたわいもない会話を聞きながら、徳兵衛と志乃は上品に箸を動かしている。その二人のさまを見て一郎太は、がつがつしなくてよかった、と心から思った。

皿の上の鰺があらかたなくなった頃、徳兵衛が、ぱんぱんと手を叩いた。それに応じて襖が開き、二人の女中が膳を運んできた。

それが一郎太と藍蔵の前に置かれる。ほかほかの飯と味噌汁、漬物がのっていた。

――ご飯か。ありがたいな。

食べたいと思っていたのだ。そのほかにもう一品、小鉢があることに一郎太は気づいた。

「これはなにかな」

膳の上の小鉢を指さして、一郎太は徳兵衛にきいた。

「なめろうというものでございますよ」

「変わった名の食べ物だな」

徳兵衛によると、下総《しもうさ》の名物料理だという。

「もともとは、船の上で漁師がつくって食べていたものでございまして、三枚におろして骨と皮を取った鰺に葱《ねぎ》、生姜、味噌をまな板にのせ、包丁で叩き合わせたものでございますよ」

「ほう、そいつはうまかろう」

ええ、と徳兵衛がうなずく。

「熱々のご飯にのせて食べると、それはもう、うならんばかりのおいしさでございます」

徳兵衛が口を極めて褒め上げる。

「ところで、なにゆえなめろうという名だ」

「なんでも、口当たりがとても滑らかということで、その名がついたそうにございます」

「では、いただくことにいたそう」

箸を伸ばし、一郎太はなめろうを一口だけ食べてみた。包丁で叩かれたことで鰺と味噌、葱、生姜がよくなじんでいる。

確かに滑らかな舌触りで、旨味《うまみ》がじんわりと口中にあふれる。

「これは、まことにうまいな。酒に合うであろう」

「ええ、お酒との相性は最高でございます」

なめろうをつまんだら酒を飲みたくなったが、一郎太は我慢した。せっかく体のために酒を断っているのに、ここで飲むわけにはいかない。すべてが台無しになる。

藍蔵も目を細めて、なめろうを食している。

「藍蔵、そなたは飲みたければ、飲んでよいのだぞ。俺が飲まぬからといって、遠慮することはない」

箸を止め、藍蔵が一郎太を見る。

「いえ、月野さまが召し上がらぬのに、それがしが飲むわけにはまいりませぬ」

「藍蔵は酒が飲みたくないのか」

「飲みたくありませぬ」

藍蔵がはっきりと答えた。

「強がりではないのか」

「もちろん強がりでございますが、我慢いたします」

「俺は、断酒を無理強いする気はないぞ」

「それがしがこれからも断酒を続けるのは、決して月野さまから無理強いされているからではありませぬ」

力むでもなく藍蔵が言い切った。

「酒を飲まなくなったら、料理の味がよくわかるようになりもうした。それに、酒を体に入れぬと朝がとても楽ですので……」

「うむ、その通りだな」

飲まずにいると、眠りが深くなるのか翌朝の目覚めが気持ちよい。当然、二日酔いもない。心身の調子もよくなる。断酒して悪いことなど、これまで一つもなかった。

その後、一郎太たちは膳の上のものをすべて平らげた。

「徳兵衛、志乃。馳走《ちそう》になった。とてもおいしかった」

一郎太は感謝の意を伝えた。藍蔵が居住まいを正す。

「鰺料理の数々、まことに素晴らしゅうござった」

「お二人に喜んでいただけて、手前もうれしゅうございます」

徳兵衛が相好を崩した。志乃もうれしげに微笑している。

最後に茶を喫し、すっかり満足した一郎太と藍蔵は徳兵衛と志乃に深く礼を述べてから、槐屋をあとにした。

一町の距離を歩いて家へ戻る。家には明かりはついていないが、それほど寂しい感じは受けなかった。家も、一郎太たちが近所に出かけただけということが、わかっているのかもしれない。

一郎太たちが槐屋に行っている最中、忍び込んだ者はいなかった。家の中は静謐《せいひつ》さを保っている。

「月野さま、風呂はいかがいたしますか」

廊下を歩きつつ藍蔵がきいてきた。

「今日はよかろう。藍蔵が入りたいなら、一人で銭湯に行ってきてもよいぞ」

「月野さまがいらっしゃらぬのなら、それがしもけっこうです」

「藍蔵は相変わらず風呂嫌いだな」

「いえ、それがしは風呂が大好きでございますよ。風呂嫌いは、月野さまのほうではありませぬか」

「きれいな風呂は大好きだ。だが、銭湯の風呂は、湯がきれいとは言い難いからな」

「いつ取り替えたかわからぬ汚さでございますな。あれはそれがしも苦手でございます」

「銭湯に行かぬのなら、もうあとは寝るだけだな」

「ならば、床の支度をいたしましょう」

一郎太はまず厠《かわや》に行き、手水場《ちょうずば》で歯を磨いた。寝所に入り、就寝の支度をはじめた。

すると、戸口から訪《おとな》う声が聞こえてきた。男の声である。

隣の部屋で布団を敷いていた藍蔵が、からりと襖を開け、顔を見せた。

「こんなに遅く、どなたでございましょう」

藍蔵は険しい顔をしている。すでに五つ半をとうに過ぎ、四つに近い刻限である。

「あの声は、服部左門《はっとりさもん》ではないか」

北町奉行所の定町廻り《じょうまちまわ》同心である。

「いわれてみれば、確かに服部どのの声のようでしたが……」

念のために刀を手に持ち、藍蔵が戸口に向かった。

――この夜更けに、左門はいったいなんの用で来たのか。

寝所から居間に移って一郎太は考えた。

――このあいだ左門は、弥佑が死んだという知らせを持ってきたが……。

いやなことが起きたのでなければよいが、と一郎太は願った。

藍蔵が左門を伴って居間に戻ってきた。

「夜分に押しかけてしまい、まことに申し訳なく存じます」

一郎太の向かいに座した左門がまず謝した。茶を淹《い》れに藍蔵が台所に行く。

「左門、どうしたというのだ。なにかあったのか」

挨拶もそこそこに一郎太は促した。面を上げた左門が、月野さま、と呼びかけてきた。

「明朝、番所にお越し願えませぬか。お奉行の飯盛下総守さまがお目にかかりたいとおっしゃっております」

「飯盛どのが。どのような用件かな」

難しい顔で左門が首をひねる。

「実はそれがしも聞かされておりませぬ。用件は、その折に御奉行からじかにお聞きくださいますか」

「承知した」

「では月野さま、ご多忙のところまことに申し訳ありませぬが、明朝、よろしくお願いいたします」

両手をつき、左門が深々と頭を下げる。そこに藍蔵が湯飲みを持ってきた。左門の前に置く。

「左門、顔を上げてくれ。俺たちは飯盛どのから給銀をいただいている身だ。飯盛どのに会いたいといわれたら、否やなどあるはずがない」

「ありがたきお言葉」

ほっとしたように左門が茶を喫する。

「ああ、おいしい」

「さようにござるか」

笑みを浮かべて藍蔵がいった。

「はい、まことに。こちらでいただくお茶はいつもおいしいのですが、なにか秘訣《ひけつ》がございますのか」

「いえ、そのようなものはござらぬ。ただ、おいしく召し上がってほしい、と念じて淹れるのみでござる」

「その思いこそが秘訣でございましょうな」

茶を飲み干して左門が辞儀した。

「これにて失礼いたします。神酒どの、お茶をご馳走さまでした」

「いえ、とんでもない」

藍蔵が手を上げる。左門が立ち上がり、腰高障子を開けた。

一郎太たちは左門を見送るために、戸口へ向かった。

三和土に降り、左門が一郎太たちに一礼する。戸を開け、外に出た。中間《ちゆうげん》らしい若者が待っており、提灯に火を入れた。

左門と中間が夜道を去っていく。こんなに遅くまで大変だな、と一郎太は同情した。

二人の姿が見えなくなるまで、一郎太と藍蔵は見送った。

第二章

一

明くる朝の六つ半、一郎太と藍蔵は根津の家を出た。

寒いな、とつぶやいて一郎太は手のひらに息を吹きかけた。

暦の上では夏になったのだが、今朝も冬のような冷え込み方だ。冷たい風が吹き渡り、木々の梢《こずえ》を騒がしていく。

――昨日は暖かかったのに、一日で元に戻ってしまったか……。

いつになったら、本物の夏がやってくるのか、一郎太は焦《じ》れったくてならない。

それでも、寒風に負けることなく胸を張り、藍蔵とともに北町奉行所を目指した。

根津から、およそ一里の距離だ。半刻《はんとき》ばかりで大門が見えてきた。

大門の前に左門が立っているのに気づき、一郎太は急いで近づいていった。

「待っていてくれたのか」

声をかけると、左門が小さく笑った。

「お二人を、御奉行のもとにご案内せねばなりませぬので……」

「それは苦労だったな。だいぶ待ったのではないか」

「いえ、それほどでもありませぬ」

左門の先導で一郎太たちは大門をくぐり、玄関から町奉行所内に上がった。

「こちらでございます」

対面所とのことだ。頭を下げて左門が襖《ふすま》を開ける。

「お入りください」

一郎太と藍蔵が対面所の敷居を越えると、すでに座布団が出されていた。一郎太は遠慮なくその上に座した。

「では、それがしはこれにて失礼いたします」

低頭《ていとう》して左門が去っていった。左側の襖の向こう側に数人の気配がしているのに、一郎太は気づいた。

失礼いたします、とそちら側から声がかかり、音もなく襖が開いた。姿を見せたのは北町奉行の飯盛下総守である。

襖を閉めた飯盛は上座には座らず、下座に降りてきた。座布団を使うことなく、一郎太たちのそばに端座する。

——昨日の重二郎と、まったく同じではないか……。

襖の向こう側には、まだ二人ばかりの気配がしている。何者なのだろうか、と一郎太は思った。

——俺が呼ばれたことと、関わりがある者たちであろう。

「月野さま、神酒どの、ようこそお越しくださいました」

両手をつき、飯盛が深々と頭を下げる。

「飯盛どの、そのような真似《まね》は無用にしてくだされ」

すぐさま一郎太は飯盛の顔を上げさせた。

「飯盛どのは、これから千代田城に出仕しなければならぬのであろう。さっそく話をお聞かせくださらぬか」

「お気遣い、痛み入ります。ではお言葉に甘えて、お二人をお呼びした事情をお話しいたします」

一礼して飯盛が口を開いた。

「二瓶《にへい》太郎兵衛《たろうひょうえ》行雅《ゆきまさ》どのという大身旗本が、麹町《こうじまち》に屋敷を構えておられます。そのお屋敷から、東照神君《とうしょうしんくん》より拝領の小さ刀が消えました。そのことに家中の者が気づいたのは、二十日ほど前のことでございます」

「なんということ。……しかしかなり前のことだな」

はい、と飯盛がうなずく。

「そもそも、いつから小さ刀がなくなっていたのか、それすらも不明らしいのです」

——襖の向こう側にいるのは二瓶家の者か。

「ふむ、それで」

どういう相談事なのかすでにわかったが、一郎太は先を促した。はい、と飯盛が首を縦に動かす。

「月野さまと神酒さまに、小さ刀の探索をお願いしたいのです」

「承知した」

間髪《かんはつ》を容《い》れずに一郎太は引き受けた。そのために、飯盛から月に五十両もの給銀を得ているのだ。ためらう理由などどこにもない。

「ありがたし」

飯盛が、表情に安堵《あんど》の色をにじませる。

「詳しい話は、二瓶家の方からじかに聞いていただくほうがよろしいでしょう。そのために、二瓶家の方がこちらにいらしております。月野さまは、とうに気づかれていたとは存じますが……」

うむ、と一郎太は顎を引き、襖を見やった。

「どうぞ、お入りくだされ」

飯盛の呼びかけに応じて襖が開き、二人の侍が招じ入れられた。二人とも大身旗本の家臣らしく、きりっとした身なりで、江戸者らしく垢抜《あかぬ》けしていた。

むっ、と一郎太は眉をひそめた。右側の若い侍に、見覚えがあるような気がしてならなかった。

――どこで会ったのか。いや、会ったどころではない。昨日の夕刻、刃《やいば》を交えた侍ではあるまいか……。

会釈をして二人の侍が飯盛の横に座した。ふと膏薬《こうやく》のにおいが漂いはじめたことに、一郎太は気づいた。

藍蔵が鼻をうごめかしている。においの主とおぼしき若侍に、一郎太は強い眼差《まなざ》しを浴びせた。

一郎太の険しい瞳を目の当たりにして飯盛は、いったいどうされたのか、と驚いたらしい。だが、何事もないような顔で二人の侍の紹介をはじめた。

「こちらは二瓶家のご用人の坂井昌兵衛《さかいしょうべえ》どの。もうお一方は、御小姓の石戸益次郎《いしどますじろう》どのでござる」

坂井は四十代の終わりというところであろう。石戸は二十代の半ばではないか。

両肩を張り、一郎太は若い石戸の顔を見据えた。

――まちがいあるまい。石戸という者は昨日の侍だ。

膏薬のにおいも相まって、一郎太は確信を抱いた。すると、その思いが伝わったのか、石戸が観念したようにうつむいた。一度、顔を上げて一郎太を見てから、失礼いたす、と断り、懐から頭巾を取り出した。それを手際よく被《かぶ》ってみせる。

あっ、と藍蔵が声を上げた。

「やはりおぬしは昨日の御仁だな」

一郎太は鋭い口調でいった。さようにございます、と認めて石戸が頭巾を脱いだ。

「昨日は、とんだご無礼をいたしました。その前には天栄寺でも……。どうか、平にご容赦願います」

「なにか事情があるのではないかとは思っていたが、まさかここで会うことになるとは考えもしなかった」

「石戸に代わり、それがしが事情をお話しいたします」

用人の坂井が、膝で少し前に出た。

「我らは、この家中の一大事に力をお貸しくださる御仁はおらぬものかと、常日頃お世話になっている飯盛さまに、ご相談いたしました。すると飯盛さまは、月野鬼一さまの御名を真っ先に挙げられました」

軽く息を吸い込んで坂井が間を置いた。

「飯盛さまによると、月野さまは頼り甲斐《がい》があり、その上、比肩する者がおらぬほどの剣の腕の持ち主。しかも、探索の能力に秀でている。これほどの人物には滅多にお目にかかれませぬ、との由でございました」

いくらなんでも褒め過ぎだな、と思ったが、一郎太はなにもいわなかった。打ち消したところで、謙遜と取られるだけだろう。

「それで、どういういきさつで月野さまを襲うことになったのでござろう」

やや険しい顔で藍蔵がきいた。はい、と坂井が神妙な表情で受けた。

「ことは二瓶家三千五百石の浮沈に関わることゆえ、飯盛さまのご同意を得て、我らは月野さまの腕前を探らせていただくことにいたしました」

——なるほど、そういう経緯であったか。だから頭巾を被った石戸が、本気の戦いを挑んできたのだな。

一郎太は納得した。

「これこの通り」

丁重にいって石戸が改めて平伏する。坂井もそれに倣った。

「よくわかった。手立てはちと乱暴だったが、腕を試されたことに不満など、これっぽっちもない。すべて水に流そう」

一郎太は、さばさばといった。

「かたじけなく存じます」

坂井と石戸が同じ言葉を発した。

「しかし石戸どの」

少し身を乗り出し、一郎太は話しかけた。

「怪我《けが》のほうは大丈夫か。おぬしの腕も相当のものだったゆえ、俺は本気でかからざるを得なかった」

「ぎりぎりのところで体をひねったゆえ、なんとかかすり傷で済みました。昨日のうちに、御典医に傷を縫ってもらいましたので、大丈夫でございます」

「手当をしてもらったからといっても、今も痛むのではないか」

「少々痛みます」

顔をしかめて石戸が答えた。

「しかし、それがしに悔いはございませぬ。月野さまに本気でかかっていただけぬと、本当の腕は計りかねますので……」

「命を懸けて俺の腕を試すとは、石戸どのは相当の覚悟だったのだな」

「千代丸《ちよまる》が盗まれたというのは、それだけの大事でございます」

「小さ刀は千代丸と申すのか」

石戸が一命を賭けてまで、と一郎太は思った。こちらの腕を試した以上、事はただで済むものではないはずだ。盗人を捜し出すだけでは済まないのではあるまいか。

おそらく石戸には、この先、凄絶な戦いが待ち受けているとの予感があるのだろう。

――俺も身命を賭して事に当たることになるにちがいない。

「月野さま、千代丸の捜索を引き受けていただけましょうか」

改めて坂井が頼み込んできた。

「もちろんだ」

困っている者には、力を貸さなければならない。一郎太に否やがあるはずもなかった。

「ありがたきお言葉」

坂井と石戸が平伏してみせる。

「もちろんただとは申しませぬ。それなりの謝礼は用意させていただいております」

「謝礼は無用」

二人がほぼ同時に面《おもて》を上げた。

「前金で二十五両を用意してまいりましたが……」

「謝礼はいらぬ。俺はほかからいただいておるのでな」

「えっ、まことにございますか」

「うむ、いらぬ」

「はっ、わかりましてございます」

では、と一郎太は声を張った。

「どういう経緯で千代丸が消えたか、話してもらえるかな」

すぐさま坂井が事件のあらましを述べはじめる。

「伝家の宝刀である小さ刀が消えていることに気づいたのは、この三月十一日のことでございます。春と秋の年二回、手入れのために蔵を開けるのでございますが、そのときに判明いたしました」

懐紙《かいし》を取り出し、坂井が額の汗を拭った。

「改めて申し上げますが、東照神君より拝領の小さ刀は、銘を千代丸と申します。刃長は一尺二寸ほどでございますが、さすが東照神君が大事になさっていた物だけに、目をみはるような見事な出来でございます」

「蔵からなくなったのは紛失なのか。それとも、盗難なのか」

「盗難でございます」

悔しそうな顔で坂井が応じた。

「盗まれたと知り、我らはすぐさま家中に他言無用を命じ、八方手を尽くして盗賊を探しました。しかし手がかりはなに一つなく、探索はまったく進みませんでした」

無念そうに坂井が畳に目を落とす。

「どうにも埒《らち》が明かず、どうすればよいか、と我らはひたすら苦心しておりました。飯盛さまに紹介いただいた月野さまにお頼みすべきかどうか、迷っていたのでございますが、二日前に、若年寄の久世《くぜ》甲斐守《かいのかみ》さまより、夢にあらわれた千代丸を是非とも見たいと上さまが仰せになったと、我が家に使者がまいったのでございます」

それは厳しい達しが届いたものだな、と一郎太は同情した。

「上さまには、いつ千代丸をご覧いただくことになっている」

一郎太の言葉を受けて坂井が続ける。

「四月六日でございます。我が主君の登城の折、千代丸を持参するよう命じられました。今日を入れて五日しかございませぬ。いえ、六日に千代田城に持っていかねばなりませんので、明日から一心に探索するとして、正味三日でございますな。千代丸を四月五日までになんとしても取り戻さねば、我が家は万事休す……」

千代丸がどこから盗まれたのか、一郎太はその場をじかに目にしたかった。

「これから、麹町のお屋敷にうかがってもよろしいか」

一郎太は坂井に申し出た。

「もちろんでございます」

威儀を正して坂井が即答した。

「では、さっそくまいろう」

飯盛に別れを告げた一郎太は藍蔵を従え、北町奉行所をあとにした。坂井と石戸、その供の者たちとともに麴町を目指す。

その途中、石戸が足を引きずり気味にしているのを見て、一郎太は声をかけた。

「石戸どの、大丈夫か」

「お心遣い、痛み入ります」

石戸が小さな笑みを見せる。

「傷が引きつる感じがするだけで、さして痛みはございませぬ」

「それならよいのだが……」

「月野さまが気を病まれることはございませぬ。何者とも知れぬ者に真剣で斬りかかられたら、即座に刀を抜いて応じるのは、侍として当然のことでございます。月野さまに罪はございませぬ」

「そうはいってもな」

顔をしかめ、一郎太は首を横に振った。

「なにやら事情があるのではと、察していたのだ。それゆえ、もう少しやりようがあった気がするのだが……」

「いえ、どうか、まことにお気になさらず」

一郎太をいたわるように石戸がいった。

「それにしても、月野さまの業前《わざまえ》は、それがしが覚悟していた以上のものでございました。斬撃の強さといい、鋭さ、速さといい……。これまでそれがしが経験したことのないものでございました。それがしは戦いながら、このお方なら千代丸の探索をお任せできると、確たる思いを抱きましてございます」

「それはありがたい言葉だ」

一郎太は軽く頭を下げた。

「石戸どのはこれまで真剣で戦ったことがあったのか」

「ございませぬ」

あっさりと石戸が否定した。なんと、と一郎太は驚きを隠せない。

「それにもかかわらず、おぬしはすさまじい踏み込みを見せて斬り込んできたな。あれだけの踏み込みをしてみせたのに、真剣での戦いの経験がないとは、にわかには信じられぬ」

「あのときは運を天に任せ、まことに死ぬつもりで踏み込みました」

「そうであったか」

本当に命を懸けて石戸は一郎太と戦ったのだ。その心意気に応《こた》えなければならない。必ず千代丸を見つけてみせる、と足を運びつつ一郎太はかたく誓った。

二

大身旗本とはいえ、麴町にある二瓶屋敷はさして広い敷地ではなかった。母屋と離れらしき建物があり、それと隣接する形で二つの蔵が建っていた。

一つは米蔵、もう一つは大事な宝物などを収める堅牢《けんろう》な石蔵である。

石蔵の前に立った坂井が、かたわらにじっとしていた二人の男を手招いた。辞儀して二人が寄ってくる。

二人とも憔悴《しょうすい》しきっているのが顔色から読み取れた。所作にも、まるで元気がなかった。

石戸が一郎太たちに、二人の男を紹介する。

「この二人が、この蔵に関する一切を行う蔵役人でございます。初老のほうが東金一《とうがねいっ》作《さく》、まだ若いほうが宮若砥之太《みやわかとのた》と申します」

言葉を切り、坂井が二人の蔵役人に眼差しを注ぐ。

「東金、宮若。こちらのお二人は月野さまと神酒さまとおっしゃる。千代丸を取り戻すことに、お力を貸してくださる。頼りにしてよい御仁だ」

二人の目が一郎太たちに向いた。四つの瞳に希望の光がかすかながらも輝くのを、一郎太ははっきりと見た。

――この者たちのためにも、なんとしても千代丸を見つけ出さねばならぬ。

一郎太は足を踏み出し、二人に近づいた。藍蔵が後ろに立つ。

「東金どの、これまでに何度も話したであろうが、事の経緯を俺にも話してくれぬか」

一郎太が促すと、はっ、と東金が緊張した顔を上げた。話し出す前に、ぐっ、と腹に力を込めたのが知れた。東金が口を開く。

「我らはこの蔵の見回りを朝昼晩の三度、行うことになっております。引き戸を開けて蔵の中を見回し、異変がなければ戸を閉め、錠を下ろす。これまでの見回りで、これといった不審な気配は、一切ございませんでした」

うむ、と一郎太は相槌《あいづち》を打った。東金が言葉を続ける。

「ところが、先月の三月十一日の朝、春と秋に行われる大がかりな点検で、大事な武具が収められている大簞笥《おおだんす》の引出しを開けた際、それがしは腰を抜かしました」

無理もあるまい、と一郎太は思った。

「千代丸がなくなり、あるはずの場所に、代わりのように書付《かきつけ》が置いてあったからでございます」

「書付だと」

それはこれまで誰も語らなかったことだ。

「それにはなんと記されていた」

強い口調で一郎太は質した。

「『東照神君のお宝、頂戴仕《つかまつ》り候《そうろう》』とございました」

尊大さを感じさせる言葉だな、と一郎太は思った。千代丸を盗んだ者は、驕《おご》り高ぶっているのではないか。

「千代丸のほかに盗まれている物はなかったのか」

「はい、ございませんでした。その後、再度調べてみたのでございますが、なくなったのは千代丸のみでございます」

ふむ、といって一郎太は腕組みをした。

「千代丸が盗まれたのがわかったあと、おぬしらはどうした」

「我らは大あわてで、坂井さまにお知らせいたしました」

「そのとき蔵の中に、怪しい者はおらなんだのだな」

「はい、おりませんでした。点検の前に蔵の中はすべて見て回りましたので……」

そうか、と一郎太はいった。

「坂井どの」

顔を向け、一郎太は呼んだ。

「千代丸を盗み出した賊に、心当たりはないのだな」

「まったくございませぬ」

唇を嚙《か》んで坂井が答えた。

「それがしは家中の者全員にききましたが、誰もが賊に心当たりはないとのことでございました」

一郎太は石蔵の前に立ち、観音開きの分厚い扉にかかっている錠を見下ろした。

「この錠は、盗みに入られたときについていた錠ではないな」

「賊が入ったのがわかり、新たな錠を買い求めました。その錠前屋によれば、決して破られぬものであるとの由」

その言葉を聞いて、一郎太は改めて錠に目を当てた。確かにかなり上等なものであるようだが、腕利きの盗賊なら、この程度の錠を破るのは不可能ではあるまい。

――古い錠前は、これよりもずっと破りやすかったはずだ。だが千代丸を盗み出す際、なんらかの物音が立ったはずだ。錠を破るときやこの扉を開けるときだ……。

「千代丸がいつ盗まれたか、日にちはわかっておらぬのだな」

「おっしゃる通りでございます」

「宿直は置いているのか」

一郎太はさらにきいた。

「毎晩、二人の者が宿直を務めております」

「宿直がなにか物音を聞いたような晩はなかったか」

「宿直は我が殿の寝所のそばに詰めるのでございますが、おかしな物音や気配に気づいた者はおりませんでした」

「ご当主の寝所は、ここから遠いのか」

「いえ、それほどでも……。あまり広くはない屋敷でございますので。ここから七、八間というところでございましょう」

その程度の距離なら、なにか物音がすれば、気づかないほうがおかしい。

「宿直は誰が務めているのかな」

一郎太は新たな問いを投げた。

「小姓組の者が務めております」

「小姓組は何人いる」

「八人でございます」

――もしや、その中に内通者がおるのではないか……。

「その八人の中で怪しい者は」

「そのような者はおりませぬ」

大きくかぶりを振って坂井が否定する。

「我らもそのあたりのことは、抜かりなく調べました。小姓組の者はいずれも我が主君に忠誠を誓っている者ばかりでございます。悪事に荷担するような者は一人もおりませぬ」

口から唾を飛ばすような勢いで、坂井が断言した。

「わかった」

それほどいうのなら、小姓組に裏切り者はいないのだろう。物音が聞こえなかったのは、小姓組に腕のある者がいないか、盗賊の腕が図抜けていたかのどちらかではないか。

坂井はどうだろう、と一郎太は思った。

——俺と命を懸けて戦った石戸が、内通者ということはあり得ぬ。石戸は本気で主家を救おうとしておる。だが坂井が内通者ということはあり得ぬのか。

いかにも忠義の臣という顔をしているが、それは表向きのものに過ぎないのかもしれない。

だが今は坂井のことはおいておこう、と一郎太は思った。

——調べが進めば、坂井が関与しているかどうか、それも明らかになるはずだ。まずは、なんといっても盗賊を捕らえる必要がある。盗賊を捕縛しない限り、この一件の進展はまずない。

「ところで、二瓶家にうらみを抱いているような者はおらぬか」

一郎太はなおも坂井に問うた。

「我が家にうらみを持つ者の仕業だと、月野さまはにらんでおられるのでございますか」

「そうかもしれぬというところだが、考えられることはすべて吟味したい」

坂井を見返して一郎太は答えた。

「もし千代丸が五日までに見つからなければ、二瓶家は取り潰しもあり得るのだ。うらみを持つ者の仕業と考えて、なんらおかしなところはなかろう」

「盗みをはたらいた者は、我が家の取り潰しまで考えて千代丸を盗み出したと……」

坂井は愕然《がくぜん》としている。横で石戸も同様である。

うつむき、坂井が沈思する。やがて顔を上げて一郎太を見つめてきた。

「ここではなんですので、月野さま、場を改めませぬか」

一郎太に否やはなかった。ここで蔵役人の二人はようやく解放されることになった。

両人とも、ほっとしている。

――思い悩んでいるようだが、今のところ、二人が腹を切るような感じではないな。そのことには安心した。いくら神君家康《いえやす》からの拝領品といえども、たかが小さ刀なのだ。人の命のほうがよほど重い。

母屋に上がった一郎太と藍蔵は、八畳の客座敷に通された。向かいに坂井と石戸が座る。

一郎太たちが落ち着くのを待っていたかのように、若い家臣が茶を持ってきた。

一郎太は遠慮なく口にした。ほんのりと甘く、香りがよい茶だ。吐息が出る。

藍蔵も無言で茶を喫している。坂井と石戸も同じである。

湯飲みを茶托《ちゃたく》に戻した坂井が面を上げた。

「もし我が家がうらみを持たれているとすれば三つ、いや、四つでございましょうか……」

そんなにあるのか、と一郎太は驚いたが、その思いは顔に出さない。

「一つ目は――」

背筋を伸ばして坂井が話し出す。

「登城しようとした我が家の行列と他の旗本家の行列が辻《つじ》でぶつかってしまい、中間《ちゅうげん》同士の喧嘩《けんか》になったことがございます」

脇差《わきざし》を抜いて斬りかかってきた相手の中間を、二瓶家の中間たちがこてんぱんに叩《たた》きのめしたとのことだ。

「傷を負わせたものの、その中間は死ぬまでには至りませんでした」

体面を重んずる武家が引くに引けなくなり、予期せぬ争いにつながってしまうことは珍しくもなんともないが、当事者に会うのは、一郎太にとってこれが初めてだ。

「その一件は公儀に届け出たのか」

「もちろんでございます」

坂井がきっぱりと答える。

「いち早く公儀に届け出ました。相手の家も少し遅れたようですが、届け出たようでございます」

「では、公儀の裁きに持ち込まれたということだな」

さようにございます、と坂井がいった。

「公儀の裁決は、相手の家に非があるということで、決着がつきました。先に斬りかかってきたのが相手の中間で、そのことに非があると公儀は判断したようでございます。当家の中間は相手の中間に怪我を負わせましたが、主君を守ろうとしただけという、我らの主張が認められたものと……」

「なんのお咎《とが》めもなかったのはよいが、相手が悪いとの公儀の裁決が下っても、その旗本家は今もうらみを抱いているのではないか」

「それがしも同様のことを考えました」

そうであろうな、と一郎太は思った。

「争いになったのは、なんという家かな」

「三宅《みやけ》家といい、禄高《ろくだか》は千九百石、書院番を務めております」

三宅家か、と一郎太はその名を胸に留《とど》めた。

「ほかにも、三つの諍《いさか》いがあったのだな」

「さようにございます」

苦い顔で坂井がうなずいた。それを受け、石戸が語り出す。

「今からお話しする家が、それがしは最も怪しいと思っております」

「そうか。どのような話かな」

一郎太は興味を抱いた。石戸が茶を喫し、唇を湿した。

「千代丸はもともと当家の持ち物であり、我が家に返してほしいとねじ込んできた大名がいるのです」

「ほう、そのような真似をした大名が……。どこの大名家だ」

すかさず一郎太はたずねた。

「播磨《はりま》国岩貞《いわさだ》の地で二万五千石を領する新発田《しばた》家でございます。優れた質の木綿《もめん》を産することで知られた地でございます。木綿のおかげで、実際には七万石ほどの収入があるといわれておるようでございます」

一郎太の知らない大名家だ。三百諸侯といわれるだけのことはあり、一万石から三万石ほどの大名は、数え切れないほど存在する。三万石の百目鬼家も、むろんそのうちの一つである。

「富裕な大名家のはずでございますが、何年か前に大きな百姓一揆《いっき》が起きたらしいと、漏れ聞いております。富裕でも、やはり厳しい年貢の取り立てをするのかもしれませぬ」

「その一揆は鎮圧できたのだな」

「おそらくそうではないかと存じます」

それで、と一郎太は本題に入った。

「どういうわけで、新発田家は千代丸が自家のものだと言い張っているのだ」

「新発田家の主張は一応、聞きましたが、我らには正直、承服しかねるものでございました。千代丸が我が二瓶家のものであるのは、明白でございますので」

「東照神君から拝領したとのことだが、どういういきさつで、千代丸は二瓶家のものになったのだ」

すぐに石戸が説明をはじめた。

「戦国の元亀《げんき》の昔、東照神君は遠州《えんしゅう》三方ヶ原《みかたはら》において信玄《しんげん》率いる武田《たけだ》勢三万と戦いましたが、敗走いたしました」

そのあたりのことは軍記物にも詳しいから、一郎太もよく知っている。

「命からがら逃げる東照神君のそばを離れず、当時の二瓶家当主の五郎兵衛兼行公《ごろうひょうえかねゆき》は主君を守りきって浜松城に入りました」

「では、その勲功で千代丸をいただいたということか」

はい、と石戸がうなずいた。

「三方ヶ原の戦いのあと、五郎兵衛兼行公は東照神君から浜松城に呼び出され、もしそなたがおらなんだら、わしは首を取られておったであろう、といたく感謝され、手ずから千代丸をいただいたそうにございます。そのときに東照神君が記された書付も、当家に残されております」

そこまで詳しく経緯がわかっているのなら、千代丸が二瓶家のものであるのは疑いようがない。

それに、家康の書付があるなら、それは動かしようがない証拠である。

「それがしは、新発田家の者が千代丸を盗んだのではないか、と考えております」

はっきりとした口調で石戸が告げる。

「しかも、我が家にやってきた新発田家の使者には、手立てを選ばず千代丸を我が物にしようという強い執着が感じられました」

そのときのことが蘇《よみがえ》ったか、石戸は苦渋に満ちた顔をしている。その使者に、よほどの威圧を受けたのではあるまいか。

――石戸ほどの遣い手が気圧《けお》されるなど、新発田家からは、よほどの者が遣わされたと見える……。

「新発田家の使者は、どのような者だった」

気にかかって一郎太はきいた。

「新発田家で剣術指南役を務める桜木《さくらぎ》龍陣斎《りゆうじんさい》という者でございます」

――龍陣斎だと。

一郎太は、その名をどこかで聞いたことがあるような気がした。

「江戸の龍神と呼ばれる、稀代《きたい》の豪傑でございます」

石戸の説明を聞いて、一郎太は思い出した。

「なんでも天下無双といわれているらしいな」

「さようにございます」

石戸が大きく顎を引いた。

「だいぶ昔のことでございますが、それがしは、それぞれの道場から選抜された五人同士が竹刀《しない》を交えるという試合に出たことがあり、その際に、大将同士の決戦で龍陣斎と戦いました」

「結果は」

苦い物でも食したように、石戸が顔をしかめる。

「それがしが敗れました」

「そうであったか」

間を置かずに石戸が言葉を続ける。

「実を申せば、龍陣斎に勝つことのできる者を念頭に、それがしは月野さまの腕を計らせていただきました」

「俺と刃を交えて、どう感じた」

「月野さまと龍陣斎は、まず互角ではないかと存じます」

そうか、と一郎太はいった。果たして龍陣斎とやり合うことになるかどうかわからないが、強敵であるのは疑いようがない。

――もし立ち合うことになれば、まちがいなく死物狂いの戦いになろう。

あの、と石戸が居住まいを正して一郎太に語りかけてきた。

「月野さまは、龍陣斎の得意技をご存じでございますか」

「いや、知らぬ」

「突きでございます」

「ほう、そうなのか……」

「月野さまも、得意技は突きだとうかがっておりますが……」

「その通りだ」

突きを得手とする者同士なのか、と一郎太は思った。

——龍陣斎との対決は、どうやら避けられそうにないな。

これは、と一郎太は思った。天が、突きの日本一を決めよと命じているのではあるまいか。いつどこで龍陣斎と対峙《たいじ》することになるかはわからないが、いずれ相まみえることはまちがいなさそうだ。

「月野さま、勝てましょうか」

案じ顔で石戸がきいてくる。一郎太は首をひねった。

「正直なところ、まったくわからぬが、突きの速さでまさったほうが、勝利を得るのではなかろうか」

一郎太には秘剣滝止《たきどめ》がある。龍陣斎もおそらく秘剣を持っているだろう。

——滝止は無敵といえる剣だが、もしやすると龍陣斎の秘剣のほうが上かもしれぬ。

一郎太は顔を伏せ、畳の縁《へり》に目を当てた。龍陣斎に勝つためには、新たな秘剣を会得しなければならぬのではないか。

どんな秘剣をものにできるか、今はまだわからないが、これから一心不乱に剣の修業に励まなければならない。秘剣は一朝一夕に身につくものではないのだ。

——弥佑に相手をしてもらうか。いや、弥佑は箱根だったな……。

いつ帰るかもわかっていない。体が元通りになるまで滞在したいだけいればよい、と一郎太は弥佑に勧めたのだ。

——秘剣のことを、今ここで考えても仕方がない。

丹田《たんでん》に力を込め、一郎太は面を上げた。

「しかし、なにを根拠に新発田家は千代丸が自家のものだといい張るのだ」

新たな問いを一郎太は石戸にぶつけた。石戸が困惑の顔になった。

「東照神君の文《ふみ》が証拠だといっておりました。実際に、その文を持ってまいりました」

「文を見せてもらったのか」

「見せてもらいました」

「それには、なんと書いてあった」

「取るに足らぬことでしかございませぬ。東照神君の真筆かどうかも、わからぬようなものでございました。龍陣斎どのはその文をもとに、千代丸はもともと新発田家の宝だったのに、二瓶家に奪われたも同然といっておりました」

「もともと新発田家のものだったか……」

「三方ヶ原の合戦の折、五郎兵衛兼行公と新発田家とのあいだに、なにか行きちがいがあったのかもしれませぬが……」

それを知るには、と一郎太は思った。龍陣斎か新発田家の者にじかにきいてみるしかないのではないか。

「うらみを持たれているかもしれぬ三つ目は、どのようなことかな」

一郎太は石戸に質した。石戸ではなく、坂井が再び口を開いた。

「我が二瓶家は三年前に、ここ麹町に越してまいりました」

「ほう、そうなのか。よく麹町のようなよい場所が空いていたものだ」

「なんでも、取り潰しになった家があったようでございます」

「それは気の毒な仕儀だな」

「どのような事情で取り潰しになったのか、それがしは存じませぬが、千代田城に近く、とてもよい場所が空くのを知り、当家はすぐさま公儀に移転の申し出をいたしました」

「この場所が空くと、よくいち早く知れたものだな」

「そのために、我らは要人の方々への付け届けを欠かしたことはございませぬ」

「付け届けが役に立ったのだな」

はい、と坂井が首肯《しゅこう》する。

「しかし、ほかにもこの場所が空くことを知った旗本家がございました。ですので、この屋敷は、その旗本家と取り合いになりました。その旗本家の名は津山《つやま》家といって内藤新宿《ないとうしんじゆく》に屋敷がございます。四千五百石の大身でございます」

「四千五百石とは、大したものだ」

「おっしゃる通りでございます」

同意して坂井が続ける。

「我が家は、当時老中を務めておられた岩槻出羽守《いわつきでわのかみ》さまと昵懇《じつこん》にしておりました。正直に申し上げますと、岩槻出羽守さまには大枚を積みました。その甲斐あって、津山家との戦いに我が家は勝利することができたのでございます」

誇らしげに胸を張り、坂井が口を閉じた。

「この屋敷を取られたために津山家は遺恨を抱いたというのか」

「さようにございます」

憎々しげな顔で坂井が認める。

「しかも間の悪いことに、岩槻出羽守さまが昨年の春に老中をお辞めになり、さらにその後、お亡くなりになりました。そのため当家は後ろ盾を失いました」

そういえば、と一郎太は思い出した。元老中の一人が病を得て死んだという話は、確かに耳に入っている。

「二瓶家が取り潰しになって最も喜ぶのは、津山家かもしれぬな」

自らの考えを一郎太は述べた。

「おっしゃる通りかもしれませぬ。我が家を取り潰しに追い込めば、次にこの屋敷に入るのは津山家ではないでしょうか。津山家も公儀の要人に金を積んでいたはずで、そういう筋書ができていても不思議はありませぬ」

そのような事情なら津山家もかなり怪しいな、と一郎太は心でつぶやいた。

「それで、四つ目の諍《いさか》いとは、どのようなものかな」

やや前のめりになって一郎太は問うた。はい、と坂井が説明をはじめる。

「我が家は長年、七樽《ななだる》屋という味噌《みそ》醤油《しょうゆ》問屋と取引をしてまいりました。正直に申し上げますと少々値が張るのでございますが、七樽屋はまちがいのない味噌と醤油をずっと供してきてくれました。我が殿も大いに気に入っていらっしゃいました」

「では、四つ目の諍いの相手は、七樽屋という商家なのだな」

一郎太が確かめるようにいうと、さようにございます、と坂井が肯定した。

「どのような諍いかと申しますと、発端は我が家の引っ越しを機にしたかのように、七樽屋が味噌と醤油の値上げを宣したことでございます」

うむ、とうなずき、一郎太は耳を傾けた。

「その値上げは我らにとってはあまりに唐突で、到底認められるものではございませんでした」

「それでどうした」

「去年の年初めに見積もりを出したはずと七樽屋の者はいい張りましたが、こちらはそのようなものは受け取っておりませぬ。これは本当のことでございます」

肩肘を張って坂井が力説する。

「そのために値上げは認めぬということになり、去年の暮れは、それまでの取引通りの額を七樽屋に支払いました」

「なるほど。それが諍いにつながったということか」

「さようにございます」

厳しい顔で坂井が首を縦に振った。

「値上げが認めてもらえず、七樽屋はおそらく三、四十両ほどの損を出したのではないかと存じます」

「それはなかなかの大金だ」

「当家にとってもかなりの大金でございます」

「それはそうであろうな」

三千五百石という大身であろうと、内情が厳しいのは、どこの武家も似たようなものだろう。

「実は、当家との取引を受け持っていたのは、七樽屋の跡取りでございました」

跡取りと聞いて、一郎太はなんとなくいやな予感がした。

「その跡取りがどうかしたのではないか」

はい、と痛ましげな顔で坂井が首肯した。

「この正月明けに首を吊《つ》ったのでございます」

辛《つら》そうに坂井が告げた。やはりそのような仕儀に至ってしまったのか、と一郎太は胸が痛んだ。どんな理由であれ、若者の死は耐え難いものがある。

「跡取りを失って七樽屋はなにかいってきたのであろうな」

「七樽屋のあるじは九右衛門《きゆうえもん》と申しますが、必ず天罰が下りましょう、という意味の書状を我が家によこしました」

「その書状が来たのはいつのことだ」

「今年の一月半ばでございます」

今日が四月二日である。書状が届いたのは二月《ふたつき》半ばかり前のことか、と一郎太は思った。

——取引の齟齬《そご》でせがれを失った商家か。父親の九右衛門が復讐《ふくしゆう》を考えても不思議はないが、少々ときが過ぎている感もなきにしもあらずだな……。

いや、そうでもないのか、と一郎太は思い直した。腕利きの盗人を最も雇いやすいのは七樽屋ではないだろうか。武家には、やはり体面がある。盗賊を使って千代丸を盗ませるというのは、武家の用いる手ではないような気がするのだ。

――どうもわからぬな。

一郎太は心中でかぶりを振った。考えてみれば、今は侍の誇りを失っている武家も数多い。手段を選ばず、うらみを晴らそうとする者は枚挙にいとまがないだろう。とにかく二瓶家が、と一郎太は思った。その四つの家からうらみを抱かれているのは確かなようだ。

――坂井が知らぬだけで、そのほかにもうらみを持つ者がいるかもしれぬし……。

それでも、坂井が伝えてきた四つの家のどれかが千代丸の紛失に関わっているのは、まちがいないように一郎太には感じられた。

「最も怪しいのは、石戸が申し上げたように、千代丸が自家のものだと主張している新発田家だと存じ、それがしはあの家のことを少し調べてみました」

一郎太を見つめて坂井がいった。

「それでどうであった」

「正直よくわかりませんでした……」

力なく坂井がうつむく。

「それで、我らには探索の力がまるで備わっておらぬことを思い知らされました」

俺と藍蔵でしっかりと調べるほうがよいのであろうな、としおれたような坂井の姿を見て、一郎太は思った。

「俺たちに任せてもらえれば、必ず五日までに千代丸を取り戻してご覧に入れよう」

「よろしくお願いいたします」

坂井と石戸がほぼ同時に畳に両手をついた。

「一つききたいことがあるのだが、よいか」

一郎太がいうと、坂井と石戸が顔を上げた。

「はっ、なんなりとおっしゃってください」

かしこまって坂井が一郎太を促した。

「永尾雅楽頭という若年寄は、どのような人物だ。無理難題をいってくるような者か」

「永尾さまでございますか」

いきなりそんな名が一郎太の口から出て、坂井と石戸が戸惑いの表情になる。

「さあ、いかがでございましょう。力を持つお方と耳にしたことがございますが、我らもほとんど面識がなく、我が家の公儀談合役《こうぎだんごうやく》も、どうすればお近づきになれるのか、思案に暮れている様子にございます」

「そうであったか……」

「あの、永尾雅楽頭さまがなにか」

不思議そうな顔で坂井がきいてくる。

「いや、なんでもないのだ」

「月野さま」

今度は石戸が声をかけてきた。

「我が殿が挨拶をしたいと申されております。よろしいでしょうか」

一郎太を見つめ、石戸が頼み込んでくる。

「もちろんだ。俺も二瓶さまにお目にかかりたいと思うておった」

一郎太は藍蔵とともに、対面所に赴いた。そこで、当主の二瓶太郎兵衛行雅に面会した。

太郎兵衛はまだ若く、二十五歳くらいであろう。顔は白く、ひょろりとしていた。

「月野どの、神酒どの。どうか、どうか、よろしく頼みます。我が二瓶家は、いま存亡の縁に立っております。月野どのと神酒どののだけが頼りでござる」

深く頭を下げ、太郎兵衛が懇願してきた。

「力を尽くし、必ず千代丸を取り戻してご覧に入れましょう」

力強い口調で一郎太は請け合った。

「よろしく頼みます。どうか、どうか」

三方ヶ原の大敗の中で、当時の二瓶家当主五郎兵衛兼行は浜松城に入るまで家康を武田家の手から守り抜いたとのことだが、その剽悍《ひょうかん》さは今の太平の世ではさすがに望みようがないようだな、と一郎太は思った。

だからといって、いかにも気弱そうな太郎兵衛を責めようという気にはならない。二瓶家に限らず、どこの大名、旗本家でも内情は似たようなものだろう。戦国の頃の気概を今も保っている家など、数えるほどしかないはずだ。

むしろ、太郎兵衛は守ってあげたいと人に思わせるところがある。これは主君として大事な資質ではないか。しかも優しそうだ。小姓組の八人すべてが忠誠を誓っているというのも、わかるような気がする。

太郎兵衛の前を辞した一郎太は坂井に頼み、盗人が残していった書付を見せてもらった。

「達筆とはいえぬな」

まことに、と藍蔵が同意する。

「しかし、それがしも字は上手とはいえませぬ。これで学がないと判ずるのは早計でございましょう」

書付からは手がかりらしきものは、なにも得られなかった。

――だが、このような物を残すとは、千代丸を奪っていった盗人はよほど目立ちたがりと見える。

目立ちたがりなら、と一郎太は思った。捕らえるのは、さほど難しくはないのではないか。おそらくほかの盗みでも、それなりの痕跡を残しているにちがいないからだ。

こたびの件は、二瓶家にうらみを抱いている四家はまったく関係がなく、高く売れるからと、盗人が千代丸を奪い去った可能性がないわけではない。

いろいろ考えながら探索を進めていかねばならぬぞ、と自らを戒めるように、一郎太は思った。

三

麹町の二瓶屋敷を辞した一郎太は、弟の重二郎に思いが行った。

――重二郎は、もう永尾雅楽頭と会ったであろうな……。

どんな用件だったのか、一郎太は知りたかった。だが、今は二瓶家からの依頼を優先しなければならない。

「月野さま、それでどこから調べるおつもりでございますか」

藍蔵が目を輝かせてきいてきた。探索にあまり役に立つことはないが、藍蔵はその手の仕事が好きなようだ。

というより、一郎太の仕事ぶりを目にしているだけで、気持ちが満ち足りてくるのかもしれない。

「今のところ、二瓶家がうらみを買ったと思われる三つの武家と一軒の商家を調べる気はない」

ほう、と藍蔵が意外そうな声を漏らす。

「では、なにから調べるのでございますか」

「盗人だ」

「『東照神君のお宝、頂戴仕り候』と書付を残して去った盗人でございますな」

「あの書付はまちがいなく手がかりだ」

「自信たっぷりに自慢げな書付を残す盗人など、滅多におらぬでしょうし……」

「書付を手がかりに盗人を捕らえ、誰に頼まれて千代丸を盗み出したのか、吐かせるのが手立てとして最も早かろう。もちろん誰にも頼まれておらぬかもしれぬが……」

「さようにございますな」

藍蔵が深いうなずきを見せた。

「しかし、そんな書付を残すなど、盗人にはどんな狙いがあったのでございましょう」

「狙いというほどのものはなかろう」

「とおっしゃいますと」

「単に、盗みの腕を誇りたかっただけなのではないか」

「ああ、目立ちたがりということでございますか……」

「そういうことだ」

「それで月野さま、まずはどこへまいりますか。詳しく話を聞ける盗人に、心当たりがございますのか」

「心当たりはない。だが、照元斎にはあるのではないか」

照元斎はまたの名を興梠田右衛門《こうろぎたえもん》といい、市谷で斜香流《しゃこうりゅう》という剣術道場を営んでいる。弥佑の父親である。

ああ、と藍蔵が納得したような声を発した。

「照元斎どのは、忍びの術をものにしておりますからな。忍びと盗賊とは切っても切れぬ縁がございますし……」

斜香流道場では望む者には忍術も教えているとのことだが、照元斎自身、忍びとしてもかなりの腕を誇っている。

そのことは、伝説の忍びといってよいほどすさまじい業前だった椎葉虎南との戦いにおいて、明らかになっていた。

「江戸に幕府が開かれた頃、盗人が跳梁《ちょうりょう》したらしいが、そのほとんどが忍び上がりだったとの話もある」

「戦《いくさ》がなくなり、稼業を忍びから盗賊に代えざるを得なくなったわけでございますな」

一郎太と藍蔵はさっそく市谷に向かった。麴町からならすぐである。

朝方は冷たかった風もだいぶ暖かくなっており、一郎太はほっとした。

四半刻《しはんとき》もかからないうちに、一郎太たちは斜香流と墨書された看板の前に立った。中からは、竹刀を打ち合う音、激しい気合、打たれた者が床板に倒れ込んだらしい音などが聞こえてくる。

「頼もう」

声を上げて藍蔵が戸を開ける。一郎太は中に入った。

六十になるかならずだが、照元斎は門人たちに力強く稽古をつけていた。叱咤《しった》する声にも張りがあり、歳《とし》を感じさせない壮健ぶりといってよい。さすがにすごい男だな、と一郎太は感嘆した。

照元斎が一郎太たちに気づく。笑みを浮かべて近づいてくる。

「これは、これは、ようこそいらっしゃいました」

「またそなたに話を聞かせてもらいたいと思うてな」

「ほう、どのようなお話でございましょう」

「盗人のことだ」

「盗人……」

少し訝《いぶか》しげな顔をしたが、どうぞこちらへ、と照元斎が手で招く。

「頼りにしていただくのは、年老いた者としてはありがたいことでございます」

うれしそうに笑った照元斎は一郎太たちを道場の見所《けんぞ》に導いた。

「それで、盗人について話を聞きたいというのは」

照元斎が水を向けてきた。

「おぬしは、盗みの際に書付を置いておくような盗人に心当たりはないか」

「それがしには、現役の盗人に知り合いはおりませぬ。それゆえ心当たりはございませぬ」

申し訳なさそうに照元斎が答えた。

「江戸の盗人の名を網羅しているような書物はないのだな」

一郎太に問われて照元斎が苦笑する。

「さすがに、盗人版の『武技秘術大全』のようなものはございませぬ。しかし、なにゆえ月野さまは、そのようなことをきかれるのでございますか」

当然の問いを照元斎がぶつけてきた。照元斎は心から信用できる男だ。

「これは他言無用にしてもらいたいのだが」

「もちろんでございます」

気負ったような顔で照元斎が請け合った。どのようなことがあったか、一郎太は手短に語った。ほう、と照元斎が嘆声する。

「二瓶家という大身の旗本家から家宝の小さ刀が盗まれ、そこに書付が残されていたのでございますか」

そういうことだ、と一郎太はうなずいた。

「二瓶家から頼まれたゆえ、俺と藍蔵は小さ刀を取り戻さなければならぬ。それで、おぬしに話を聞きに来たのだ」

「委細、承りました」

一郎太を見て照元斎が軽く頭を下げる。

「現役の盗人は存じませぬが、一人だけ盗人だった者に心当たりがございます」

「盗人だった、ということは、今は隠居しているのか」

「さようにございます」

照元斎がかしこまって答えた。

「歳を取り、もうとうに足を洗っておりますが、その者なら、書付を残した盗人について、なにか知っているかもしれませぬ」

老年となって足を洗ったというのか、と一郎太は思った。

「その者は、町奉行所に捕まらず無事に隠居できたのか。ならば、素晴らしい技を持つ者にちがいあるまい」

「その技をじかに目にしたわけではありませぬが、素晴らしい腕を持つのはまちがいありませぬ。本人がいうには、その道六十年とのことでございます」

「六十年ものあいだ捕まらず、今は余生を送っているというのか。それはすごい男だな」

「実は男ではありませぬ」

なに、と一郎太は目をむいた。

「女だというのか」

「女であるがゆえに、町奉行所の手にかからなかったのかもしれませぬ」

なるほどな、と一郎太は胸中でつぶやいた。

「凄腕《すごうで》の盗人がまさか女だとは、誰も思わぬであろうからな」

うなるような思いで一郎太は口にした。

「名も、男のように左八《さはち》と名乗っております」

「照元斎は、その女盗賊の本名を知っているのか」

いいえ、と照元斎がかぶりを振った。

「存じませぬ」

「それで照元斎。どうすれば、その左八という女盗賊に会える」

身構えるような気持ちで一郎太はきいた。

「なんということもありませぬ。左八どのは、この近所に住んでおります。それがしも同道いたしましょう」

なんと、と一郎太は拍子抜けした。

「今から行って会えるのか」

「会えましょう」

軽い口調で照元斎が言い切り、すっくと立ち上がった。

一郎太たちも腰を上げた。照元斎が体の大きな門人を呼び寄せ、しばらく出てくるゆえあとを頼む、と告げた。門人が、承知いたしました、と響きのよい声で答えた。

「まいりましょう」

照元斎にいざなわれ、一郎太は藍蔵とともに道場をあとにした。

「実をいえば、左八どのは、それがしの父に忍びの術を習っていたのでございます」

道を進みつつ照元斎が説明する。

「その術をものにしたから、その左八とやらは盗人の道に入ったのか」

「そうではございませぬ」

やんわりと照元斎が否定する。

「左八どのは、もともと盗賊一家に生まれまして。幼い頃から、父親に偸盗術《ちゅうとう》を叩き込まれたそうでございます」

「叩き込まれたか……。女といえども容赦なかったのだな」

「そのようでございます」

照元斎が大きく首を縦に振る。

「左八どのには歳の離れた男兄弟が三人いたそうで、兄弟揃《そろ》って盗人になったらしいのですが、その三人が町奉行所に次々に捕まり、命を落としていくのを、幼い左八どのは目の当たりにしたそうでございます」

――つまり、自分は兄たちのようになりたくない。それで斜香流道場に忍びの術を習いに行ったということか。

一郎太は合点がいった。

「左八どのは、自分だけはなんとしても生き延びてやろうと決意し、我が道場にやってきた由にございます」

やはりそうであったか、と一郎太は思った。

「左八が生き長らえたのなら、道場での教えは役に立ったのだな」

「はい、まさしくそういうことでございましょう。しかし、まさか我が父も、左八どのが盗人だったとは見抜けなかったようにございます」

「女が凄腕の盗賊になろうとは、さすがに思い至らぬであろうからな」

すが」

「月野さま、左八どのに話を聞く前に一つ確かめておきたいことがあるのでございま
表情を引き締めて照元斎がいった。

「左八に委細を話してよいかということだな」

「さようにございます」

「もちろん構わぬ。左八はきっと口が固いであろうからな」

「月野さま、なにゆえそう思われますか」

小首を傾《かし》げて照元斎がきいてきた。

「もし口が堅い者でなかったら、生き長らえているはずがないからだ。口が堅い者だったからこそ盗人仲間から信用され、告げ口されることもなかったのだろう。もし口が軽い者だったら、町奉行所に捕まり、とうにくたばっていたはずだ」

「さすが月野さまにござる」

感服したように照元斎が首を何度も振る。藍蔵も同様の顔つきをしていた。

それからしばらく無言で歩き続けた。

「こちらでございます」

道場から三町ほど行ったところで、照元斎が足を止めた。目の前に、こぢんまりとした家があった。

──これが凄腕の女盗賊の家か……。

どこにでもありそうな一軒家だ。あたりの風景によく馴染《なじ》み、まったく目立たない。うっかりすると、そこに家があると気づかずに通り過ぎてしまいかねないほどだ。

金遣いが荒く、身を滅ぼすもとになった盗人を、左八はこれまで何人も見てきたのではないだろうか。そのため、このような質素な家を住処《すみか》として選んだのではあるまいか。

「左八どの」

呼びかけた照元斎が、戸口の横にしつらえられている枝折戸《しおりど》を開けた。慣れた様子で庭を進んでいく。一郎太と藍蔵はそのあとをついていった。

枝折戸から三間ほど行ったところで、照元斎が立ち止まった。右手に濡縁《ぬれえん》があり、一人の老女が日向《ひなた》ぼっこをしていた。かたわらに湯飲みが置かれている。

「あら、照元斎さん」

弾んだ声を出して老女が笑う。七十はとうに過ぎているだろう。

「いらっしゃい」

沓脱《くつぬ》ぎ石の草履を履き、老女が照元斎にいそいそと近寄る。

背中は曲がっておらず、動きも軽やかなことに、一郎太は驚きを覚えた。

──この歳になっても、鍛錬を欠かしておらぬのではないか。

そんな気がした。隠居したからといって、それまでの罪が消えるわけではない。もし町奉行所の役人に踏み込まれても、いつでも逃げ出せるようにしているのではないか。

老女が一郎太と藍蔵に気づく。

「照元斎さん、これは、またいい男を連れてきてくれたものだねえ」

一郎太を見つめて、左八がほれぼれしたようにいう。

「こちらのお二方は、月野さまと神酒どのとおっしゃる。月野さま、神酒どの、この女性《にょしょう》が左八どのでございます」

「お初にお目にかかる」

「よろしくお願いいたします」

一郎太と藍蔵が挨拶したが、左八はまるでその声が聞こえていないかのように、うっとりとしている。

「あたしがあと十歳若ければ、こんないい男、放っておかないんだけどねえ」

左八が一郎太の腕を取り、ぎゅっと体を押しつけてくる。意外に柔らかで、しなやかだ。七十過ぎてこれはすごいな、と一郎太は感嘆した。

――まことに、この左八という女性は大したものだ。

一郎太は内心で称賛した。

「十歳では、いくら左八どのが美しいといっても、さすがに無理でござろう」

歯に衣着《きぬ》せずに照元斎が左八に語りかけた。

「それに、月野さまには美しく若い奥方がいらっしゃる。その上、とてもおもてになる。左八どのは美人とはいえ、五十年ほどはときを戻さねば話にならぬ」

「相変わらず照元斎さんは、言い方がきついわねえ」

「いや、口の悪さでは左八どのに勝てぬ」

「でも、よく来てくれたわ。月野さま、さあ、こちらにおいでなさいよ」

左八が一郎太の手を取って濡縁に引っ張っていく。一郎太は逆らわず、されるがままでいた。再び座した左八が濡縁を平手で叩く。

「こちらにお座りなさいな」

「では、遠慮なく」

一郎太は左八の横に腰を下ろした。左八が一郎太をじっと見る。

「見れば見るほどいい男だねえ」

「いや、そのようなこともあるまいが……」

「いい男を眺めていたら、喉が渇いちまったよ。今お茶を淹《い》れてくるわ」

かたわらの湯飲みを手にしてさっと立ち上がり、左八が中に姿を消す。

「矍鑠《かくしゃく》とした物腰だな」

はい、と照元斎が同意する。

「いつ見ても、まったく歳を感じさせませぬ」

待つほどもなく、盆を手にして左八が戻ってきた。盆には四つの湯飲みがのっており、それらを一郎太たちの前に置いた。

「これはかたじけない」

一郎太は遠慮なく湯飲みを手に取った。藍蔵は茶をすぐに飲みはじめた。

「ああ、うまい。これはよい茶だ」

「そうでしょう。茶には贅沢《ぜいたく》しているんだ」

茶を褒められたことがうれしかったらしく、左八がしわを深めて笑った。

茶を一口喫して照元斎が姿勢を改めた。

「実はこちらの月野さまの頼みで、左八どのに会いに来た。左八どのに話を聞かせていただきたいのだ」

「こんな世間に忘れ去られたような老いぼれに話を聞きたいだなんて、珍しいこともあるわねえ。どんなことかしら」

照元斎を見て左八が小首を傾げる。

「左八どのが元盗賊だったことは、このお二人には話してある。よかったか」

「よかったもなにも、もう話してしまったんじゃ、駄目ともいえないでしょ」

いったん言葉を切り、すぐに左八が続ける。

「私は、照元斎さんのことを信用しているから、なにを話されようと大丈夫よ。照元斎さんがこのお二人を信用して、話したということだろうし。それに、月野さまはやんごとなきお方にしか見えない。あたしのことは誰にも話さないと思うわ」

「やはりやんごとなきお方に見えるか」

照元斎が確かめるようにきいた。

「そりゃそうでしょ。ただ者じゃない感じがありありと出ているわ」

「ならば、俺の出自を話そう。別に秘密にしておらぬが、大っぴらに喧伝《けんでん》しているわけでもない」

一郎太は自分が何者なのか、左八に伝えた。

「えっ、もともとはお大名だったの。あれ、まあ……」

頓狂な声を出して左八が一郎太をまじまじと見る。

「それは思いもしなかったわ。京の都の公家《くげ》さまかとは思ったけど……」

「公家だと思われたとは、それは俺も思わなかった」

「お大名をやめて今はなにをしているの」

「北町奉行から頼まれて事件の探索を生業《なりわい》にしている」

「へえ、それで私のところにやってきたというわけね」

「そうだ、話を聞きたい」

「どんなこと」

首を傾げて左八がきいてくる。

「左八どのには、書付を残していく盗賊に心当たりはないか」

「書付を残していく盗賊……」

どのようなことがあって、話を聞きに来たか、委細を照元斎が語った。

「へえ、そんなことがあったの。そう、書付ねえ……」

つぶやいて下を向き、左八が考え込んだ。庭に数羽の雀《すずめ》が舞い降りたか、鳴き交わしている声が聞こえてきた。しばらく雀たちは地面をついているようだったが、一斉に羽ばたき、去っていった。

それを潮にしたように左八が面を上げた。ほっとしたような笑みを、頬に小さく浮かべている。

「やっと思い出したよ。盗みのたびに書付を残していく。確かにそんな男が一人いたね」

「なんという男だ」

勢い込んで照元斎がきく。

「宗内《そうない》という男よ」

平静な顔で左八が答えた。

「腕は抜群で、盗みでしくじったことは一度もなかったという話よ」

「宗内は今どこにいる」

これは一郎太がきいた。

「残念なことに、もうこの世にいないわ」

「なんと」

空を見上げて一郎太は絶句した。照元斎が目をみはり、藍蔵はうならんばかりの顔をしている。

「もう十年ばかり前に、病で死んだらしいのよ。五十五だったと耳にしたわ。私より下だったのに、ちょっと早すぎるわね……」

その宗内という盗人が死んだとなれば、その技を継承している者がいるのではないか。

「宗内に跡継ぎは」

気持ちを鎮めて一郎太は問うた。

「いたわ。その子が父のことを真似て、書付を置いていくという話を、前に聞いたような気がするの」

ならば、と思い、一郎太はぐっと拳を握り締めた。その者が千代丸を盗んだ張本人ではないか。

「その跡継ぎは、なんという」

左八に顔を近づけて一郎太はきいた。左八が顔を上気させ、両の頰にそっと手を当てた。

「年甲斐《としがい》もなく、どきどきしちゃうわね」

一郎太は左八から顔を離した。

「せがれは青内《せいない》といったはずだけど、私も居場所は知らないのよ」

「ならば、身内はどうだ。青内には妻はいるのか」

「今はどうか知らないけれど、妻がいたとは聞いていないわね」

「では、母親はどうだ。青内の母親がどこに住んでいるか、知らぬか」

「母親ねえ……」

うつむき、左八が沈思する。顔を上げ、一郎太を見つめた。目をぱちぱちさせる。

「そういえば、何年か前に、盗人仲間から聞いた覚えがあるわ。青内の母親が今も同じところに住んでいるかわからないけれど、それでいいなら教えるわ」

「助かる。教えてくれ」

「お安い御用よ」

左八がすらすらと述べた。牛込水道町《うしごめすいどうちょう》とのことだ。

「母親の名は」

「確か、おもんさんといったと思う」

一郎太はその名を胸に刻みつけた。

「左八さんが、おもんという母親の話を聞いた盗人仲間にも会いたいのだが、住処を教えてくれぬか」

顔をゆがめ、左八が悲しそうにする。

「それが、つい二月《ふたつき》ばかり前に死んじゃったのよ」

「もしや、町奉行所に捕まったのではあるまいな」

「病よ。その人もとうに隠居していたんだけど、相当の歳だったから、仕方ないんでしょうねえ……」

寂しそうな声で左八がいった。そうだったか、と一郎太はつぶやいた。

「ところで死んだ宗内だが」

一郎太は最後の問いを左八にぶつけた。

「盗賊の血筋だったのか」

眉間《みけん》にしわを寄せて左八が首をひねる。

「さあ、そのあたりのことはわからないねえ。宗内の出自について、耳にしたことは一度もないから」

「そうか、よくわかった」

ほかにきくべきことはないか、一郎太は考えた。なにも思い浮かぶことはなかった。

「左八どの、いろいろ聞かせてくれてかたじけなかった。これで終わりだ」

「あら、もう終わりなの。私が独り身かどうか、きいてくれないのかい」

「ああ、そうだった。実は、それが気になっていた」

「えっ、そうかい」

左八が顔を輝かせる。うむ、と一郎太は顎を引いた。

「左八どの、おぬしには旦那がいるのか」

「もうずっといないわ」

どこかしょげたように左八が答えた。

「旦那らしいのがいたこともあったっけ。まったく寂しい人生だよ」

器量はよいから男出入りがあったのはまちがいないだろうが、左八としては、よほど信頼できる男でないと、一緒に暮らすことなどできなかったのだろう。いつ密告されるかわからないような男が相手では、気が休まるはずもなく、長く続くわけがなかった。

「月野の旦那が私の旦那だったら、よかったのに……」

凄腕の女盗賊との生活とは、いったいどんなものなのだろう。盗みに出る女房を見送る亭主の気持ちは、どういうものなのか。興味が湧いたが、いま考えたところで答えが出るはずもない。

「では左八どの、これで失礼する」

濡縁から降り、一郎太は足を踏み締めた。藍蔵と照元斎も庭に立った。

左八が濡縁を降りて草履を履いた。枝折戸に向かう一郎太たちのあとをついてくる。

一郎太は枝折戸を開け、道に足を踏み出した。左八も藍蔵たちと一緒に出てきた。

一郎太たちを見送るつもりのようだ。

「月野の旦那、もう帰っちまうんだねえ。残念だよ」

「探索の仕事がなければ、おぬしからもっと話を聞きたかった」

「そうかい。なら、また会いにきておくれよ」

左八はどこか潤んだような瞳をしている。この歳になっても色気を忘れていないのではなく、一郎太が帰ってしまうのが寂しくてたまらないようだ。

「承知した」

笑って一郎太はうなずいた。

「嘘《うそ》じゃないわね」

真剣な目で左八が確かめてくる。

「ああ、約束しよう」

「指切りしてよ」

左八にせがまれて一郎太は、小指を左八のしわ深いそれと絡めた。七十を過ぎた老婆と指切りする日が来ようとは、夢にも思っていなかった。

「よし、これでいいわ」

どこかうっとりしたような顔で、左八が小指を離した。

「では、これで失礼する」

一礼して一郎太は道を歩きはじめた。藍蔵と照元斎が後ろにつく。

途中の辻で照元斎が足を止めた。

「月野さま、神酒どの。それがしはここで失礼いたします」

「道場に戻るか。照元斎、いろいろとかたじけなかった」

「いえ、それがしはなにもしておりませぬ。月野さま、神酒どの。また是非いらしてください」

「もちろんだ。今度は稽古をつけてもらいに来よう」

「おう、それは楽しみでございます。腕が鳴りますな」

ではこれで、と頭を下げて照元斎が一郎太たちから離れていった。

不意に強い風が足元に吹きつけてきた。それに急《せ》かされるように再び歩き出し、一郎太と藍蔵は牛込水道町に向かった。

おもんの家とおぼしき建物は、ほとんど手間をかけることなく見つかった。

「ここでございますな」

確信のある声でいって藍蔵が戸口に立ち、訪いを入れる。

からり、という音とともに戸が軽やかに開き、一人の女が顔を見せた。まだ三十には届いていないようだ。

おもんではないな、とその女を見て一郎太は即座に判断した。おもんにしては若すぎるのだ。歳が合わない。

「あの、どちらさまで」

訝しげに女がきいてきた。見知らぬ侍が二人もそこにいたら、不審に思うのは当然のことだろう。

「我らは人捜しをしている者にござる」

自分たちは怪しい者ではないといいたげに、藍蔵が口を開いた。

「ちとうかがいたいのだが、おぬしはおもんという女性をご存じかな」

「おもんさん……。いえ、知りません」

「おぬしのおっかさんは、おもんではないのだな」

「ちがいます」

「祖母でもないな」

「はい」

「そうか、わかった。いきなり訪ねてきて、申し訳なかった」

軽く頭を下げて、女がそそくさと戸を閉める。振り返り、藍蔵が一郎太を見た。

一郎太はうなずきを返した。すぐに戸口を離れる。

「今のは、おもんとはまるで関わりのない者でございましょうな」

「隣家の者ならなにか知っているかもしれぬ。きいてみよう」

少し足を進ませ、一郎太は西隣に建つ家の前に立った。戸を軽く叩く。

はーい、と女の声で応えがあり、少しの間が空いたのち戸が開いた。

顔を見せたのは、五十前後と思える女だった。この家の女房だろう。一郎太を見て、まぶし気な表情になった。

「我らは人捜しをしているのだが、おぬしは、隣に住んでいたおもんという女を知らぬか」

「ええ、おもんさんなら存じていますよ。お侍は、おもんさんを捜していらっしゃるんですか」

「そうだ」

女房が目を落とし、暗い顔になる。

「お気の毒に、おもんさんは二年前に病で亡くなりました」

「そうか、もうこの世におらぬのか」

「六十五ということでしたから、無理もないかと……」

本人はもっと生きていたかったかもしれないが、人生五十年といわれる昨今《さっこん》、六十五歳なら、まず長生きといえるのではあるまいか。

「おもんにせがれがいたはずだが」

「ええ、おりましたよ。青内さんですね」

「青内の行方は」

「いえ、それがまったくわからないんですよ。おもんさんが亡くなってすぐに家を売って、出ていってしまいましたからね」

それからは、なんの音沙汰もないという。

「青内に友垣はいたか」

「何人か幼馴染みがいましたよ。でも、青内さんの消息を知っている人はおりません。青内さんのことは私も気になって、きいたことがあるもので……」

「おぬしはおもんの亭主の宗内のことも知っているか」

「ええ、存じております」

「宗内はなにを生業にしていた」

「植木屋さんでしたよ」

女房があっさりと答えた。

「植木を売るのではなく、庭をつくったり、庭木の手入れをしたりするほうでしたけど」

庭師なら目当ての商家などに入り込み、内情を探ることができる。盗人としては、この上ない職業ではないか。

「腕はよかったのか」

「注文は、ひっきりなしに入っていたみたいでしたよ」

それなら、庭師として腕が悪かったはずがない。盗人などやらずとも、普通に暮らしていけたのではないか。

――それでも盗人をしていたのは、贅沢な暮らしを続けたかったからか……。

「青内は宗内の跡を継いだのか」

「ええ、さようにございますよ。青内さんも腕はよかったみたいで、商売は繁盛していましたね」

――今も青内は植木屋をしているのだろうか。しているのなら、それが手がかりになりそうだが……。

「おきんさん、お客さんかい」

散歩でもしているのか、前を通りかかった腰の曲がった老人が女房に声をかけた。

「ああ、参三《さんぞう》さん。こんにちは」

おきんと呼ばれた女房が挨拶する。

「こんにちは」

参三という男が足を止め、柔和な笑みを浮かべた。

「参三さん、隣に住んでいた宗内さんと青内さん親子のこと、覚えてるよね。親しくしていたものね」

一郎太のために気を利かせたのか、女房が参三にきいた。

「もちろん覚えているとも。特に宗内さんとはよく飲む仲だったからな」

自慢そうに参三が鼻をうごめかした。

「こちらのお侍が、青内さんの行方を知りたいっていらしたんだけど」

おきんの言葉に参三が顔を曇らせた。

「手前は、青内さんの行方はまったく知らないんですよ。なにもいわずに越していってしまったから……。何度も庭の手入れを頼んだことがあるのに、まったく冷たいやってですよ」

不平をこぼすように参三がいった。

「ならば、宗内のことを話してくれるか」

一郎太は参三に申し出た。

「宗内とはどのような男だった」

「気風《きっぷ》がよくて、いい男でしたねえ。お金の使いっぷりもよくてね。手前はよく奢《おご》ってもらいましたよ」

庭師としての収入に加え、盗人としても荒稼ぎしていただろうから、金離れがよかったのも当然かもしれない。

「ただね、宗内さんには裏の顔があったんですよ」

この参三という男は宗内が盗人だったことを知っているのか、と一郎太は内心で目をみはった。

「裏の顔とはなにかな」

平静な顔で一郎太はたずねた。

「大きな声ではいえないんですが、もともとは公儀御庭番の家のご当主だったらしいんです」

まるで頭になかった言葉だ。公儀御庭番といえば、昨日、川村松太郎に思いもかけず賭場で会ったばかりではないか。公儀御庭番のことはおきんも初耳だったらしく、唖然《あぜん》としている。

「なにゆえおぬしはそのことを知っている」

柔らかな口調を心がけて一郎太はきいた。

「生前、近所の飲み屋で一緒になったとき、宗内さんがひどく酔ったことがあったんですが、そのときに話してくれたんです。家が取り潰しになり、浪人になったというようなことをいっていました」

「公儀御庭番なら、武家だな。宗内の名字を存じているか」

一郎太は新たに参三にきいた。

「そこまでは手前も存じません。名字の話は出なかったものですから……」

一郎太はさらに質問を参三にぶつけた。

「家が取り潰しになって宗内は、ここに越してきたのか」

「どうもそうみたいです」

これはおきんが答えた。

「越してきたのは、いつのことだ」

「だいぶ前ですよ。あたしがまだ娘の頃でしたから」

どうやら三十年以上も前のことのようだ。

――そうか、宗内は公儀御庭番だったのか。

もともと八代将軍吉宗のときにできた役目である。最初は十七家で創設されたが、増減があって、今は二十二家だ。

取り潰しになったのはなんという家だったか、と一郎太は思い起こした。確か四家あったはずだ。

そのことは以前、松太郎から聞いたのだ。一郎太は頭の奥から押し出すような気持ちで、記憶を手繰り寄せた。

宮地家、藪田家、林家、吉川家の四家ではなかったか。

どんなわけがあってその四家が取り潰しの憂き目に遭ったのか、そこまでは松太郎も知らなかった。

四家が取り潰しになった一方、新たに九家が取り立てられたそうだ。その九家には、取り潰しになった四家と関わりがある家はないと聞いている。

宗内の家が、取り潰しになった四家のうちのどれかであるのはまちがいなさそうだ。

深く礼を述べて、一郎太は女房と老人の前を離れた。

「御庭番なら、話を聞くのに恰好《かっこう》の男が一人おるな」

一郎太の言葉に藍蔵がにこりとする。

「川村松太郎どのでございますな」

昨日、烏賊造の賭場《とば》で会ったばかりだ。

四

最初は、番町の表二番町にある川村屋敷に行ってみるか、と一郎太は思った。だが松太郎は役目で、今も外に出ているのではないか、と考え直した。今日も烏賊造の賭場にいるかもしれぬ、と思い、一郎太は富岡八幡宮の近くにある松塩寺へと藍蔵とともに足を運んだ。

おらぬかもしれぬ、とあまり期待はしていなかったが、おびただしい百目《ひやくめ》ろうそくが灯《とも》され、煙草《たばこ》の煙がもうもうと立ちこめる賭場に入るやいなや、盆茣蓙《ぼんござ》の前に座る松太郎の姿が目に飛び込んできた。昨日と同様、遊び人の恰好をしていた。

――いてくれたか……。

役目で入り込んでいるというのが嘘のように、松太郎は賭場に馴染んでいた。

――あれなら松太郎が御庭番だと、見破れる者はまずおるまい……。

一郎太は盆茣蓙に近づき、松太郎の背後に立った。声はかけなかったが、はっ、としたように松太郎が振り返り、一郎太に厳しい眼差しを浴びせてきた。

――やはり気づいたか……。

一郎太は、にこっと笑いかけた。松太郎がほっとしたような顔つきになり、全身から力を抜く。

「どこのお武家さんかと思いましたよ」

「お楽しみのところ、申し訳ないが、ちとこちらに来てくれぬか」

「へい、わかりました」

気軽に立ち、松太郎が一郎太と藍蔵のあとについてくる。一郎太たちは、ひんやりとしている本堂の隅に座った。

「お役目中のところ、申し訳ない」

「いえ、そのようなことはよいのですが、月野さま、なにかございましたか」

一郎太にまっすぐ目を据えて、松太郎がきいてきた。

実は、と一郎太は伝えた。

「元御庭番の父を持つ青内という者を捜している」

「青内……。それは名でございますか」

「そうだ。姓ではない。前におぬしは、御庭番の家で四家が取り潰しの憂き目に遭ったと聞かせてくれたが、そのうちのいずれかの家の者だと思う」

「月野さま、一つうかがってもよろしいでしょうか」

松太郎がなにをききたいか、見当はついたが、一郎太は、むろんだ、とうなずいた。

「なんでもきいてくれ」

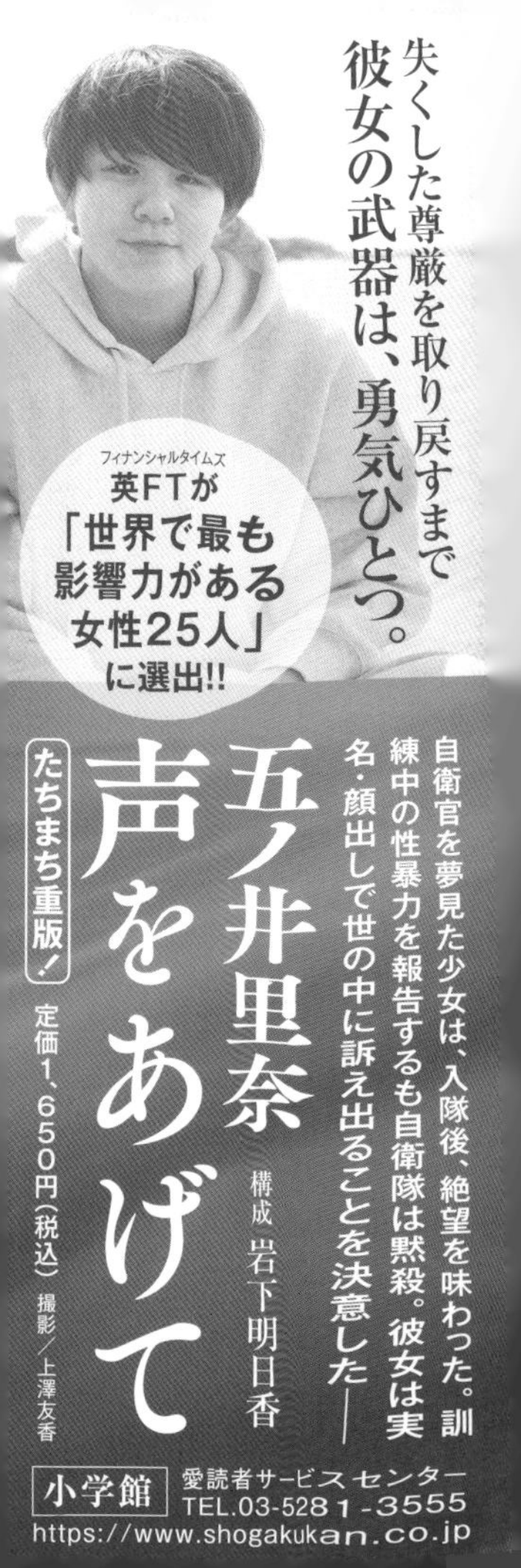

失くした尊厳を取り戻すまで
彼女の武器は、勇気ひとつ。
英FT《フィナンシャルタイムズ》が「世界で最も影響力がある女性25人」に選出!!
自衛官を夢見た少女は、入隊後、絶望を味わった。訓練中の性暴力を報告するも自衛隊は黙殺。彼女は実名・顔出しで世の中に訴え出ることを決意した──
五ノ井里奈
構成 岩下明日香
声をあげて
たちまち重版!
定価1、650円(税込)
撮影/上澤友香
小学館
愛読者サービスセンター
TEL.03-5281-3555
https://www.shogakukan.co.jp

松太郎は納得したような顔つきだ。では、とかしこまっていった。

「宗内と青内父子について、それがしが調べてみることにいたしましょう」

思ってもいなかった言葉で、一郎太は瞠目《どうもく》した。

「まことか」

はい、と松太郎が低頭する。

「宗内という者が本当に御庭番だったのなら、青内のことを調べるのは、さして難しいことではないと存じますので」

張り切った顔で松太郎が請け合う。

「いや、松太郎」

一郎太はすぐさま制した。

「そなたを巻き込む気はないのだ。やはりやめておいてくれ」

いえ、と松太郎がかぶりを振る。

「お話をうかがった以上、もはややめるわけにはまいりませぬ」

松太郎が強情そうな顔を見せる。梃子《てこ》でも動かぬという態だ。

――山沖道場の稽古でも、よくこんな顔をしたな。打たれても打たれても、必死に食らいついてきおった。

「それがしは、月野さまに命を救っていただきました。あのときのご恩は、いまだに返せておりませぬ」

――あのときもし俺が気づかずにおれば、松太郎は死んでいたかもしれぬが、恩返しをされるほどのことではない。誰でもしていたことだ。

「月野さま。それがしに恩返しをさせてください」

床に両手をついて松太郎が頼み込んできた。

「もっとも、青内のことを調べるといっても、それがしにできることは、名簿を当たることだけでございます。それゆえ、なんら危険はありませぬ」

「そうか、名簿があるのか」

「当家にも、もちろんございます。年代別にまとめてありますので、過去に遡《さかのぼ》って調べれば、宗内の名は必ず出てくるものと存じます」

「松太郎、まことに名簿を当たるだけで済むのか」

「済みましょう」

ただそれだけでよいのならば、と一郎太は決断した。頼んでもよいのではないか。

「よくわかった。だが松太郎。青内のことをさらに突っ込んで調べてみようなどと、決して思わんでくれ。無理はせぬようにな」

漠然とした不安を覚え、一郎太は釘《くぎ》を刺した。

「よくわかっております」

微笑して松太郎が答えた。

「なにかわかったら、月野さまのお住まいへ知らせればよろしいですか」

「それでよい。松太郎は俺たちが今どこに住んでいるか、知っているのだな」

まちがいあるまいと思いつつ一郎太は確かめた。

「もちろん存じております」

小さな声で松太郎が告げた。

ほかに松太郎にいっておくべきことはないか、一郎太は考えた。なにも思い浮かぶものはなかった。

「では松太郎、俺たちはこれで失礼する。せっかく賭場に来たゆえ遊んでいきたいところだが、さすがにその暇はなさそうだ」

「もし月野さまが遊んでいるところを目にしたら、二瓶家の者は腹を立てるでしょうな」

「謝礼まで用意しようとしたのだ。きっと怒り狂うであろう」

うなずいてから一郎太は居住まいを正した。

「松太郎、もう一度いうが、決して無理はせぬように」

「よくわかっております」

立ち上がった一郎太は藍蔵とともに賭場をあとにした。

五

境内に出ると、いきなり風が吹き寄せ、着物についた煙草の臭いをさらっていった。

「あの、川村どのの命を救ったというのは、どういうことでございますか」

狭い境内を歩き出すや、藍蔵がきいてきた。

「これまで藍蔵に話したことはなかったか」

「ございませぬ」

「そうか。道に出たら話そう」

山門のくぐり戸をやくざ者に開けてもらい、一郎太たちは松塩寺の外に出た。

「あれは何年前のことかな……。俺がまだ部屋住だったときの、ある夏の晩のことだ」

修行をしていた洲阿衣陰流山沖道場で、腕が立つ十人ばかりの門人が特に選ばれて、師範による稽古が行われた。

「なんですと」

足を進めつつ藍蔵が驚きの声を上げる。

「それがしは、その稽古に呼ばれた覚えがありませぬ」

「うむ、藍蔵はおらなんだな」

「それがしは、師範から呼ばれなかったのでございますな」

藍蔵が悔しそうな顔になる。

「呼ばれなかったわけではなかろう。師範が呼びたくても、藍蔵は江戸にいなかったのだからな」

ええっ、と藍蔵が意外そうな表情になる。

「それがしは江戸を留守にしておりましたか」

「確か藍蔵は、親父《おやじ》どのの使いで国元に向かったのではなかったかな」

「父の使いでは何度か北山へ赴いたことがございますが、よほど大事な用事だったのでございましょうな」

「そこまでは俺も知らぬが、江戸家老だった神酒五十八《いそや》がつまらぬ用事で、せがれを国元に行かせることはあるまい」

ふーむ、と藍蔵が思案の顔になる。

「先ほど月野さまは夏の夜とおっしゃいましたな。それがしは一度だけ、夏に国元へ赴いたことがございます。中山道を急ぎに急いでようやく着いた北山は、江戸よりずっと暑うございました。まるで釜の中で煮られているような蒸し暑さでございました」

藍蔵はそのときのことを、はっきりと思い出したようだ。

「夏の北山はすさまじい暑さだからな。初めて国入りしたときは俺も驚いた」

「月野さまが大名をおやめになったのは、北山の暑さから逃れたかったからではございませぬか」

「それはないが、夏に北山へ行くことは二度となかろう」

「それがしも行きたくありませぬ。まことに死ぬかと思いました……」

背筋を伸ばし、藍蔵がしゃんとする。

「その使いは、それがしが二十四のときでございましたな。当時、国元にいらした前の殿さまであらせられる雄温院《ゆうおんいん》さまに、文を届けるという役目でございました。おそらく内密の文だったのでございましょう」

「そうか、あのときの用事は、我が父に文を届けるためだったのか。とにかく、その役目のために、藍蔵は江戸におらなんだ。その最中に稽古は行われたのだ」

少し息を入れてから一郎太は続けた。

「夜を徹して行われた稽古はあまりにきつく、次々に気を失う者が出たほどだった」

「気を失うとは。それはまたすさまじいものでございますな」

藍蔵が怖気《おぞけ》を振るうような仕草を見せる。

「それがしはいなくてよかったような気がいたします」

「まことにすさまじい稽古だった。俺は二度と味わいたくない」

気を失った者には、容赦なく桶《おけ》で水が浴びせられた。

「ことのほか厳しかったあの稽古は、師範が洲阿衣陰流の秘剣を継がせる者を見極めるためのものだったのだろう」

「しかし、月野さまは選ばれませんでしたな」

「選ばれたのはむろん別の者だ」

「月野さまを選んで秘剣を継がせたとしても、道場を継げませぬからな。では、選ばれたのは今の道場主なのでございますか」

「則本広太夫《のりもとこうだゆう》だ」

「則本どのも強かった。月野さまと三度戦えば、一度は必ず勝っておりましたな」

「則本はすごい腕をしていた」

「則本どのなら、納得でございますよ。道場内で、則本どの以外に月野さまに敵する者はおりませんでしたので……」

「あの稽古では、水を浴びせても立ち上がれぬ者が何人か出た。その者たちを置き去りにするように、稽古はなおも行われた」

「それで」

「息も絶え絶えになりながらも俺は必死に師範に食らいついていたが、ふと道場の壁にもたれている松太郎の様子がおかしいことに気づいた。松太郎は気絶していたのだが、顔色があまりに悪かった。放っておくわけにはいかぬ、と感じ、俺は駆け寄った」

「その後どうなりました」

「案の定というべきか、松太郎は息をしておらなんだ」

「死んでいたのでございますか」

「まだかすかに脈はあった。俺は師範にその旨を告げ、近くの医者に松太郎を担ぎ込んだ」

「近くの医者というと、賀意然《がいぜん》先生でございますな」

町医者で、しょっちゅう怪我人が出た洲阿衣陰流道場の者はよく世話になっていた。

「賀意然先生は松太郎の息をあっさりと吹き返してくれたが、もしあと少しでも遅れていたら命はなかった、と手当のあとでおっしゃった」

「なんと、そのようなことがあったのでございますか……」

感極まったように藍蔵がいった。

「松太郎どのの異変に気づいたのは、月野さまだけだったのですな」

「そうだ。ほかの者は皆、自分の面倒をみるので精一杯だったからな」

「それならば、月野さまが命の恩人と感謝されるのは、当たり前のことでございましょう」

「なに、俺は当然のことをしたまでだ」

「しかし、おもしろくありませんな」

いきなり不貞腐《ふてくさ》れたように藍蔵が顔をしかめた。

「藍蔵、なにがおもしろくないのだ」

「決まっておりもうす」

憤然とした顔を藍蔵が見せる。

「それがしが江戸を留守にしているときに、そのような稽古が行われたことでございます。師範はそれがしなど眼中になかったということではありませぬか」

「藍蔵と腕がほぼ互角の松太郎が選ばれたのだから、おぬしが選ばれても不思議はなかったが、江戸を出ていたのであれば、致し方あるまい。かなり前から、その日に稽古を行うことは決まっていたしな」

考えてみれば、と藍蔵がいった。

「道場にはそれがしより強い者が月野さまを含め、二、三人はいらっしゃいましたな。仮に、その稽古に参加していたとしても、師範の目にそれがしが留まることはなかったであありましょう」

さばさばとした口調で藍蔵がいった。

「ところで月野さま、今はどこに向かっておられるのでございますか」

後ろを歩きつつ藍蔵がきいてきた。

「青内のことはとりあえず松太郎に任せておけばよいとして、一つ行きたいところがあってな」

「はて、どちらでございますかな」

「武具屋だ」

「月野さまがご存じの武具屋といいますと、一つでございますな」

「宍道《しんじ》屋だ。これまでもあの店にはいろいろと世話になったし、あるじの誠作《せいさく》は武具の取引に精通している。もし千代丸がなんの裏もなく、ただ二瓶屋敷から盗まれただけだとしたら、市場にすでに出ているかもしれぬ」

「千代丸の所在を、誠作どのがつかんでいるかもしれぬということですな」

うむ、と一郎太はうなずいた。

「誠作は鼻が利くゆえ、もし千代丸がまことに市場に出ているなら、必ず知っているであろう」

宍道屋は牛込の払方町《はらいかたまち》に店を構えており、百目鬼家の上屋敷から七、八町ほどしか離れていない。品揃えもかなりのもので、刀剣や鎧兜《よろいかぶと》の類《たぐい》が大好きな一郎太は、部屋住の頃からよく足を運んでいた。

払方町には四半刻ほどで着き、すぐに目当ての宍道屋が見えてきた。一郎太たちは戸口に立った。

暖簾《のれん》を払い、一郎太は開け放たれた入口を抜けた。薄暗い店内に足を踏み入れると、かび臭さのようなにおいが鼻をついた。

――ああ、このにおいだ。

懐かしく、かぐわしいように感じられる。

店の右側に、慈しむように鎧にはたきをかけている男がいた。

「誠作」

はっ、として男がこちらを向いた。誰が来たのか、確かめる目つきをする。

「これは百目鬼さま。神酒さまも」

破顔し、誠作が足早に近づいてきた。一郎太の前に立ち、丁寧に辞儀する。

「ずいぶんお久しぶりでございますな」

「うむ、まことに久しぶりだ。誠作、達者そうでよかった」

「百目鬼さまも神酒さまもお元気そうで、なによりでございます」

「酒をやめたのがよかったのかもしれぬな」

えっ、と誠作が瞠目する。

「百目鬼さまは、お酒をやめられたのでございますか」

「まあ、そうだ。おかげで体の調子はとてもよい」

「それはよろしゅうございますな。手前は毎晩の晩酌が楽しみで生きておりますから、とてもやめることなどできません」

「それでよいのだ。俺も人に断酒を無理強いする気などないからな」

息を入れ、一郎太は姿勢を改めた。

「誠作。前に会ったとき、俺は百目鬼家の殿さまだったが、いろいろとあってもう殿さまではない」

はい、と誠作がうなずいた。

「それについては、手前もうかがっております。弟御の重二郎さまが跡を継がれたと……」

「実をいえば、今は百目鬼すらも名乗っておらぬ。月野鬼一という名で通しておる」

「月野鬼一さま……」

大きく目を見開いて誠作がつぶやいた。

「それはまた恐ろしげなお名でございますな」

「俺は気に入っているのだが……」

「百目鬼さまは、鬼とは最もかけ離れたお方ですので……」

「いや、俺は鬼のように怖い男だ」

誠作を見つめて一郎太は言い張った。

「とにかく今は月野鬼一だ。誠作、これからは月野の名で呼んでくれ」

「月野さまでございますね。はい、承知いたしました」

一郎太に向かって誠作が深く頭を下げる。顔を上げ、真剣な眼差しを注いできた。

「それで月野さま。今日いらしたのは、武具がご入り用になったからでございますか」

「いや、そうではない」

一郎太は即座にかぶりを振った。

「そなたに聞きたいことがあってまいった」

ほう、と誠作が声を漏らした。

「手前に聞きたいこととおっしゃいますと、はて、どのようなことでございましょう」

立ち話もなんだから、ということで、一郎太たちは店の奥にある店座敷に上がった。

誠作が茶を出してくれる。

店内に、ほかに人はいない。奉公人は雇わず、誠作は店を一人で切り盛りしていたが、それは今も変わらないらしい。

誠作には妻がいたが、五年ばかり前に病を得て急死した。その葬儀には、一郎太も藍蔵も参列した。

「誠作、そなたは千代丸という小さ刀を存じておるか」

茶で喉を潤してから一郎太はたずねた。

「千代丸といえば、御旗本の二瓶さまが所有されている名刀ではございませんか」

「そうだ。二瓶家が東照神君から拝領したという小さ刀だ」

三人以外に誰もいないが、一郎太は声を低めた。

「その千代丸が、市場に出ているとの噂《うわさ》を聞いたことはないか」

「千代丸が、でございますか」

意外なことを聞いたとばかりに、誠作が目を丸くする。

「どうだ、聞いておるか」

「そういう話は耳にしておりません」

真剣な光を瞳に宿して誠作が否定する。

「あの、月野さま。稀代の名刀千代丸を、二瓶さまが手放したのでございますか」

「いや、そうではない」

打ち消しておいてから、一郎太はここでも他言無用を誠作に命じた。

「もちろんでございます。口がかたくなければ、武具屋など務まりません。信用こそが、この世界ではすべてでございます」

一郎太を見つめて誠作が言い切った。

「そうであろうな。俺はそなたを心から信用している」

一郎太にいわれて誠作が感激の面持ちになり、こうべを垂れた。

「ありがたきお言葉」

「誠作、面を上げてくれ」

やんわりといった一郎太は、ここにやってくるまでの委細を簡潔に話した。

ええっ、と信じられないといいたげな声を誠作が上げる。すぐに声をひそめる。

「千代丸が二瓶家から盗まれたと……。まことでございますか。いや、まことのことだからこそ、月野さまと神酒さまはこちらにいらしたのだな……」

自らに言い聞かせるように誠作がぶつぶつとつぶやいた。

「蔵に忍び込んで千代丸を盗み取った盗人は、『東照神君のお宝、頂戴仕り候』という書付を残していきおった」

「書付を残すとは、それはまた大胆な……」

「誠作。改めてきくが、千代丸は市場に出ておらぬのだな」

はい、と誠作が首肯する。

「先ほども申し上げましたが、そういう話はまったく聞いておりません。もし千代丸が市場に出たなら、手前の耳にまちがいなく入ってくるはずでございます」

自信のある声音で誠作が断言した。

「最初から売り先が決まっていて、盗人が千代丸を盗み出したということは考えられぬか」

「十分に考えられましょう。二瓶家が千代丸を所持していることは、知れ渡っております。なんとしても千代丸を我が物にしたいと考えた者が、腕のよい盗賊に盗み出すよう、金を積んで頼んだということは、あり得ないことではありません」

喉が渇いたようで、誠作が茶を飲んだ。

「千代丸をほしがっている者を、誠作は知っておるか」

「はい、何人か存じております」

「盗み取るよう、盗人に金を積んで頼みそうな者はおるか」

うーん、とうなって誠作が考え込む。顔を上げて一郎太を見る。

「手前が存じ上げているのは、いずれもかなりのお金持ちでございますが、さすがに手立てを選ばず、なにがなんでも千代丸を自分の物にしようとする方々ではございません。手に入れた名刀を、言い方は悪いのでございますが、見せびらかしたいと思っている人ばかりでございます」

「盗ませて我が物にしても、見せびらかすことができぬということか」

そういうことでございます、と誠作が顎を上下させた。

「もし手段を選ばず千代丸を手に入れようとする方がいるのであれば、その手の話も必ず手前の耳に入ってきましょう」

「では、そなたの耳にそのような話は入ってきておらぬのだな。ならば、闇の市場はどうだ。千代丸はそちらにも出ておらぬか」

誠作が思案顔になった。

「闇の市場に手前が首を突っ込むことは滅多にありませんが、それでも些細《ささい》なことでも即座に耳に届くよう、いろいろと手を打ってございます。闇の市場で千代丸の名が出たことは、ここ十年以上ございません」

迷いのない口調で誠作が断じた。ならば、と一郎太は思った。二瓶家に忍び込んだ盗賊は、金目当てに千代丸を盗み出したわけではないのだ。やはり誰かに依頼されたのだろう。

そのことがわかっただけでも、宍道屋に来たのは無駄ではなかった。

――千代丸は、やはり二瓶家にうらみを持つ者に奪われたのだな。

一郎太は、しかとした思いを抱いた。

第三章

一

箸を使って身をほぐし、鯵《あじ》を口に運んだ。咀嚼《そしゃく》するや、おっ、と声が出そうになり、石戸益次郎はあわてて唇を引き結んだ。

ここは自分の長屋ではない。うっかり声を出すわけにはいかなかった。

「益次郎」

二瓶太郎兵衛が呼びかけてきた。朝餉《あさげ》の相伴《しょうばん》を務めている石戸は、はっと答えて箸を置き、主君を見つめた。

ついさっき声を上げそうになったのを咎《とが》められるのだろうか、と身構えるように思ったが、すぐに心中でかぶりを振った。

――我が殿は、そのようなことでお叱りになるお方ではない。

「この鰺は実においしいな」

太郎兵衛が笑いかけてくる。案の定だったな、と思いつつ石戸はかしこまった。

「まことにおいしゅうございます。鰺は今が旬でございますので、格別に味がよいのでございましょう」

「そうか、今が旬なのか。それゆえ、脂ののりがよいのだな」

にこにこしながら太郎兵衛が鰺を食す。

「旬のものを食することが健やかさを保つのに、最もよいことではないかと、それがしは勘考《かんこう》いたします」

「体によいものを取り込むことになるのだからな」

おっしゃる通りでございます、と石戸は同意した。毎朝、こうして太郎兵衛の相伴をするわけではない。だいたい八日に一度、番が回ってくるのだ。

その当番の日だけはいつもより朝早く屋敷内の長屋を出なければならないが、普段とは比べ物にならないほどおいしい食事がとれるので、小姓組の誰もが楽しみにしている。

一人で朝餉を食べるのは味気ないゆえ、といって五年ばかり前から、太郎兵衛が小姓組の者に相伴するように命じたのだ。

おそらく太郎兵衛の真意としては、粗末な朝餉しか食べられない家臣たちに、せめておいしい食事を供してやろうという気持ちがあったのではないか。

――これほどお優しい殿が、他家からうらまれるような仕儀になるとは、まこと不《ふ》憫《びん》でならぬ。殿を守り立てなければならぬ我ら家臣が、だらしないからだ。

なにがあろうと殿をお守りせねばならぬ、と石戸は改めて誓った。

朝餉を食べ終えた太郎兵衛がまた、益次郎、と呼びかけてきた。

「これから墓参りに行きたいのだが、どうであろうか」

思いもかけない言葉を耳にし、石戸は眉根を寄せそうになった。

――何者かにうらみを買っているかもしれぬこのようなときに他出《たしゅつ》するのは、あまりに危険すぎる……。

「殿、なにゆえ、そのようなことをおっしゃるのでございますか」

確かに今日はこれといって用事はないが、菩提寺《ぼだいじ》への墓参りは二日後に行くことが、すでに決まっているのだ。太郎兵衛の曽祖父の命日がその日である。

「わしは、千代丸を東照神君から拝領した五郎兵衛さまの墓前に立ちたいと思うておる。五郎兵衛さまに心よりお頼みすれば、必ず千代丸を取り戻せるのではないかと思うてな」

真摯《しんし》な口調で太郎兵衛が語った。石戸には、太郎兵衛の気持ちがよくわかった。

――おかわいそうに。

石戸は目を落とした。千代丸が消えて以来、最も心を痛めているのは殿なのだ。これまで二百年以上も二瓶家にあり続けた家宝の小さ刀を、自分の代で紛失してしまうなど、先祖に申し訳ないという気持ちで一杯なのだろう。

――御側《おそば》付きの家臣として、殿のお気持ちは尊重しなければならぬ。

「とてもよいお考えだと存じます」

目を上げ、石戸は賛意を示した。

「そうか、益次郎もそう思うてくれるか」

はい、と石戸は大きくうなずいた。

「賛成してくれるのだな。では、食事を終えたら、他出の支度をしてくれぬか」

「承知いたしました」

こうして朝餉を終えた半刻《はんとき》のちには、太郎兵衛の行列は麴町の屋敷を出、十五町ほど先にある菩提寺に向かって進みはじめたのである。

菩提寺は算鈴寺《さんれいじ》といい、内藤新宿下町にある。四谷大木戸《よつやおおきど》を過ぎて、すぐのところだ。

麹町に越してくる前、二瓶家は菩提寺からほんの一町の場所に屋敷を構えていた。用人の坂井の命で、今日は普段よりも行列の人数をかなり多くした。総勢で二十人ばかりである。

供侍は石戸を入れて八人ほどだ。あとは駕籠《かご》の担ぎ手や中間《ちゆうげん》、槍持《やりもち》などである。

――我らとしても、やれるだけのことはしたが……。

だがそこまでしても、石戸には心許《こころもと》ないものがあった。

――もし何者かに襲われたら、殿を守り切れぬのではないか。

なにしろ、最も剣の腕が立つ自分が本調子ではないのだ。

――覚悟の上でのことだったとはいえ、月野さまに傷を負わされたのは、やはり見込みちがいであったな……。

いくら月野鬼一が強いといっても、その気でいれば斬撃などすべてかわせると、高をくくっていたのだ。

だが、それは誤りに過ぎなかった。月野鬼一は強すぎた。

――二度とやり合いたくない。

恐怖が身にしみている。月野鬼一の斬撃は信じられないほど速かった。まさに目にも止まらなかった。あれほど強い男には、これまで出会ったことはなかった。

——いや、そうではないな。桜木龍陣斎がおるではないか。もしかすると、竹刀《しない》を交えただけだといっても、龍陣斎と戦った経験があるからこそ、わしは月野さまとやり合っても、かすり傷で済んだのではないのか。

かすり傷といっても、刀で斬られると、かなりの出血がある。月野鬼一が追ってこないかと背後を気にしつつ屋敷に帰り着いたときは、血をかなり失ったせいで、石戸はふらふらだった。

月野鬼一に負わされた二つの傷は、今も動くたびに痛みが走る。足はひきずっているし、腕にも鈍痛がある。

これでは、もし何者かに襲われたとき、刀をうまく使えないのではないかとの危惧《きぐ》が石戸にはあった。

——いや、そのようなことはいっておれぬ。痛みなど忘れて戦うしかない。さもなければ、殿をお守りできぬ。

行列は粛々と進んでいき、やがて四谷大木戸を過ぎた。

道中、石戸は警戒の目をあたりに放っていたが、ここまでは何事もなかった。

行列は算鈴寺の山門を入った。ちょうど昼の四つを告げる時の鐘が聞こえてきた。

——ほぼ刻限通りに着いたな。

駕籠脇につく石戸は足を緩め、こぢんまりとした境内を見回した。参詣する者はいないようで、人けはほとんどない。

正面に本堂、右手に鐘楼《しょうろう》、その背後に庫裏《くり》が建っている。あとは経堂と釈迦《しゃか》堂である。

みずみずしく葉を茂らせた欅《けやき》の大木が本堂の右手に立ち、数本の松もそよ吹く風に気持ちよさそうに梢《こずえ》を揺らしていた。遅咲きの桜の大木も満開の花をつけている。つややかな陽射《ひざ》しに満ちた境内は、のんびりとした雰囲気に包まれていた。剣呑《けんのん》な気配など、どこにもない。

怪しさを感じさせる者の姿もなかった。狼藉《ろうぜき》を仕掛けてくるような者は、いないと見てよいようだ。

だが決して用心は怠れぬ、と石戸は思った。

──千代丸を何者かに盗まれたのだ。月野さまのおっしゃるように、我が家は何者かからうらみを買っておる。そうである以上、殿の身になにがあるか、知れたものではない。殿を害させるわけには決していかぬ。

二人の先触れの者が本堂の前に立ち、行列がやってくるのをじっと待っている。

本堂正面に設《しつら》えられた階段に駕籠がつけられ、地面に下ろされた。太郎兵衛はまず本堂で一休みし、住職と歓談したのち、五郎兵衛の墓参りに行く予定になっている。

三方ヶ原の戦いで活躍した五郎兵衛は、江戸で八十六歳の長寿を全うした。江戸に幕府が開かれておよそ三十年後に、あの世に旅立ったのである。

石戸が引き戸をそっと開けると、少しまぶしそうに太郎兵衛が見上げてきた。

「殿、どうぞ、お降りください」

うむ、とうなずいて太郎兵衛が駕籠を降りた。階段に足をのせ、上りはじめる。

いきなり、ひゅん、という音が右手から聞こえた。なんだ、と思ったときには、石戸の目の前をなにかが通り過ぎていった。

それは太郎兵衛の首筋をかすめ、どん、と激しい音を立てて階段に突き立った。

――矢だ。

石戸は目をみはった。どこからだ、と思ったが、その前に体が勝手に動いていた。太郎兵衛の盾になるために、石戸は階段を駆け上がった。二つの傷の痛みなど、まったく感じなかった。

また、ひゅん、と音がし、矢が飛来した。えいっ、と声を発して石戸は太郎兵衛に向かって身を投げ出した。

次の瞬間、右肩に強烈な衝撃が走った。同時に痛みも来た。体が後ろに持っていかれそうになり、石戸は両足を踏ん張って欄干にもたれた。

矢が肩に刺さったのかと思ったが、そうではなく、かすめていっただけのようだ。

――矢とは、すさまじい威力を持つものだな。

痛みをこらえつつ顔を上げ、石戸はどこから矢が放たれているか、必死の思いで探した。

満開の桜の上のほうで、人影らしきものが動いたのを目にした。人影は新たな矢をつがえようとしているのが知れた。

「桜の上だ。捕らえろ」

声を限りに石戸は叫んだ。おう、と家臣たちが応じ、数人が桜へ走っていく。

——殿はご無事か。

顔を動かして、石戸は階段や回廊を見た。太郎兵衛の姿は近くにない。どうやら、他の家臣に付き添われて、本堂の中に逃げ込んだようだ。

よかった、と石戸は胸をなでおろした。殿が無事なら、盾になった甲斐《かい》があったというものだ。

抜刀した家臣たちが桜を取り囲み、下りてこい、無駄な抵抗をするな、と上に向かって怒鳴りはじめた。だが、桜の上にいる賊は樹上にとどまったまま動こうとしない。業を煮やしたか、若い家臣が一人、桜を登りはじめた。

——大丈夫か。矢でやられぬか。

石戸ははらはらしたが、桜の上にいた賊は太郎兵衛の姿が見えなくなったことであきらめたのか、抗《あらが》おうとする素振りをまったく見せなかった。

若い家臣に促され、まず弓矢が上から落ちてきた。その直後、賊が桜を下りはじめる。

「益次郎、大丈夫か」

後ろから声がかかった。振り返ると、回廊に立つ太郎兵衛が案じ顔で、石戸をじっと見ていた。

痛みに耐えて欄干から体を離し、石戸は階段の上にしゃがみ、頭を下げた。

「殿こそ、お怪我《けが》はございませぬか」

「なに、わしは大丈夫だ。そなたが盾になってくれたおかげで、どこにも怪我はない」

太郎兵衛が、こわごわと石戸を見る。

「肩を矢がかすめたか。ひどく血が出ているぞ」

「大したことはありませぬ」

太郎兵衛を見上げて石戸はにこりとした。

「強がるな」

太郎兵衛が太刀持ちを呼んだ。刀から下緒《さげお》を取り、階段を降りて石戸に近づく。下緒で石戸の傷口を強く縛った。

かなり痛かったが、石戸は黙って耐えた。

「これで血が止まってくれればよいのだが」

手の甲で額の汗を拭いて太郎兵衛がいった。

「きっと止まりましょう。大丈夫でございます。殿、かたじけなく存じます」

「益次郎が身を挺《てい》してくれたおかげで、わしは命を救われた。このくらい当たり前のことだ」

「身を挺することこそ、家臣の務めでございますので……」

微笑しようとしたが、傷が痛んで石戸は顔をゆがめた。

「すぐに医者に診《み》てもらおう」

「ありがたきお言葉」

そのとき家臣たちに引っ立てられ、賊が近くにやってきた。

――いったい何者が殿に矢を射かけたのだ。

肩の痛みがさらにひどくなり、視界がかすむが、石戸は目を凝らした。賊が誰かわかった瞬間、息をのんだ。

――七樽屋ではないか。

そこに力なく立っているのは、あるじの九右衛門だった。

石戸は、さすがに驚きを隠せない。まさか七樽屋のあるじが、矢で殿の命を狙うとは。

――ならば、千代丸を盗ませたのも七樽屋なのか。

しかし、せがれを失ったうらみを晴らすために太郎兵衛を狙うつもりだったのなら、なにゆえ千代丸を盗み出さなければならないのか。

端《はな》から太郎兵衛を狙う気でいたのなら、千代丸を盗み出すことに、いったいなんの意味があるというのか。太郎兵衛の命を奪ってしまえば、うらみを晴らせるはずだ。

そのとき肩の痛みが急激に増してきた。声が出そうになり、思考が中断する。

「墓参は中止だ。屋敷に戻るぞ」

太郎兵衛の強い声が聞こえた。

「七樽屋は縛り上げ、引っ立てるのだ」

はっ、と家臣が答え、下緒を使って両手を縛った。

「益次郎、駕籠に乗れ」

太郎兵衛の命に石戸は驚いた。この命を受けるなどあまりに畏《おそ》れ多い。

「いえ、遠慮させていただきます」

「いいから乗るのだ」

「そういうわけにはまいりませぬ」

「益次郎、わしに逆らう気か」

「滅相《めっそう》もありませぬ」

「ならば、乗れ」

「しかし、あまりにもったいなく……」

「構わぬ。乗るのだ」

「それがしは歩けます」

「そなたは怪我人だ。駕籠に乗ってじっとしておれ」

ふと気になったことがあり、益次郎は太郎兵衛に問うた。

「あの、もしそれがしが駕籠に乗るとなると、殿はどうされるのでございますか」

「知れたこと。歩くに決まっておろう」

なんでもないことのように太郎兵衛がいった。げっ、と石戸は喉の奥から妙な声が出そうになった。

「殿にそのような真似《まね》はさせられませぬ」

「たまには歩くのもよい。よし、皆の者、手を貸すのだ」

太郎兵衛の命令に応じた家臣たちの手で、石戸は無理矢理に駕籠に押し込められた。すぐに駕籠が浮き、動き出す。

まいったな、と思いつつ石戸は駕籠の中でおとなしくしているしかなかった。もっとも、歩かずに済むのは正直、ありがたかった。

なにしろ、矢にやられた肩の傷が耐え難いほど痛んできているからだ。歯を食いしばっていないと、今にも気を失いそうだ。

殿はお優しい。石戸は感謝の思いしかなかった。

――それにしても、七樽屋が襲ってくるとは……。

一時的なものだろうが痛みが引き、先ほどの襲撃に思いが至った。九右衛門は太郎兵衛の行列が算鈴寺に来るのを、桜の上で待ち構えていた。それは疑いようがない。

なにゆえ九右衛門は待ち構えることができたのか。殿が算鈴寺に来ることを、知っていたからだろう。

だが、今日の墓参は殿が急に思い立って実現したことだ。前もって九右衛門が知ることはできなかったはずだ。

それにもかかわらず、九右衛門は桜の上で、本堂に入ろうとする殿を狙い、矢を放ってきたのだ。

――九右衛門は、二瓶家を自ら見張っていたのだな。

それしか考えられない。太郎兵衛の行列が屋敷を出たのを目の当たりにし、どこに向かうのか、九右衛門は方角から算鈴寺だと見当をつけたのではないか。

ゆっくりと進む二瓶家の行列よりもいち早く算鈴寺に赴き、人目を盗んで桜に登り、殿が来るのを待っていたのだろう。

――そうか、あるじ自ら、我が屋敷を見張っていたのか……。

恐ろしいまでの執念だな、と石戸は思った。大事な跡取りを失ったのだから気持ちはわからないでもないが、太郎兵衛の命を狙うとは、いくらなんでもやり過ぎではないか。

――しかしここまでやった以上、千代丸を盗ませたのは、やはり七樽屋ではないな。九右衛門はうらみを晴らすために、どうすれば太郎兵衛の命を奪えるか、せがれの死後、それればかり考えてきたのではないか。

弓矢の術も誰か名人に教えを乞い、厳しい鍛錬にひたすら耐えたのではあるまいか。そうでなければ、あれだけ力がある矢を放てるようには、なかなかなるまい。

――しかし、桜の上に七樽屋がいることに気づかぬとは、なんたるしくじりだ。

危うく殿を死なせるところだった。

――何事もなく、本当によかった。

またしても傷の痛みがぶり返してきて、耐え難くなってきた。悲鳴のような声が出そうになるのを気力で止めていたが、そうしているうちに、石戸は駕籠の中で失神した。

二

　もしや御庭番の川村松太郎からつなぎがあるのではないかと思い、一郎太は朝餉を食べてから半刻ばかりのあいだ、根津の家でじっとしていた。

　しかし、松太郎はあらわれず、使いとおぼしき者も姿を見せなかった。

　今朝はどうやら来そうにないな、と一郎太は判断した。

　――最近はどうも勘が当たらぬ。

　歳《とし》を取るとともに、その手の力は明らかに衰えていくようだ。

「よし、行くか」

　一郎太は藍蔵に声をかけた。えっ、と藍蔵が意外そうな顔をする。

「月野さま、どちらにいらっしゃるのでございますか」

「新発田家に行こうと思う」

　おっ、と藍蔵が驚きの表情になった。

「では、龍陣斎に会うのでございますな」

　顔を輝かせて問うてきた。

「会いに行き、話を聞かねばならぬ」

「新発田家が千代丸の盗難に関わっているか、相手の言行をじかに見て、感じ取ろうというわけでございますな」

「その通りだ。そんなにたやすく感じ取れぬかもしれぬが、龍陣斎に会ってみるのは悪くない」

「よいお考えだと、それがしも思います」

「藍蔵が賛成してくれて、なによりだ」

「ありがたきお言葉。それに龍陣斎といえば、いずれ我らが戦わねばならぬ相手かもしれませぬし……」

そういうことだ、と一郎太はうなずいた。

「だが藍蔵、龍陣斎との戦いは俺に任せておくのだ」

えっ、と藍蔵が目をみはる。

「それがしに引っ込んでおれと、おっしゃるのでございますか」

そうだ、と一郎太は首肯《しゅこう》した。

「突きを得手としている者同士、相まみえるのは宿命であろう。そうするように天が命じているのではないかとの思いもある。なんとしても一対一で決着をつけなければならぬ」

「ああ、さようでございましょうな。どちらが天下一の突きの遣い手か、決めるというわけでございますな」

納得したような声を藍蔵が出した。

「ところで月野さまは、新発田家の上屋敷がどこにあるのか、ご存じでございますか」

もちろんだ、と一郎太は答えた。

「昨日、調べておいた。伝通院《でんずういん》近くの金杉水道町《かなすぎすいどうちょう》だ」

「金杉水道町なら、ここから半里ほどでございますな。四半刻《しはんとき》ばかりで着きましょう」

根津の家を出た一郎太たちは、藍蔵のいう通り、四半刻後には新発田家上屋敷の長屋門の前に立っていた。

長屋門は開いており、その前に二人の門衛が六尺棒を手に立っている。二人に近づいた一郎太たちは名乗り、桜木龍陣斎に面会したい旨を申し出た。

門衛と屋敷内の侍とのやり取りがかわされたのち、一郎太と藍蔵は招じ入れられた。

屋敷に上がり、客座敷で待っていると、失礼いたす、と野太い声がかかり、襖《ふすま》が開いた。がっしりとした男が敷居際に立っていた。

軽く頭を下げて男が入ってきた。一郎太たちの向かいに座す。

「それがしが桜木龍陣斎でござる」

朗々とした声で名乗り、龍陣斎が一郎太と藍蔵をじっと見る。二瓶家の石戸から聞いていた通り、強烈な力で人を威圧してくる。

――石戸ほどの遣い手が気圧《けお》されたのも、よくわかるというものだ。

一郎太自身、すでに頭を押さえつけられるような圧迫感を覚えていた。刀を構えて対峙《たいじ》したとき、たいていの者は顔を上げることすら、なかなかできないのではあるまいか。

――しかし負けておれぬ。

息を入れ、一郎太は龍陣斎に向かって名乗り返し、藍蔵も紹介した。

「月野鬼一どのとおっしゃるか。すごい業前《わざまえ》をされておられるな」

感嘆の眼差《まなざ》しで龍陣斎が見つめてくる。

「これほどまでに強い方は、これまで会ったことがない」

龍陣斎が、一郎太を値踏みするような目を向けてきた。真剣で戦ったら、いったいどちらが勝つか。

――正直わからぬな。龍陣斎もわからぬにちがいない。

「それで、ご用件はなんでござろう」

少し顔を近づけて龍陣斎がきいてきた。その顔を目にして一郎太は、おや、と心中で首を傾《かし》げた。

——この男、なにか屈託でもあるのだろうか……。

一見すると自信たっぷりに見えるが、その反面、どこか翳が感じられるのだ。なにゆえそんな気がするのか、一郎太は考えてみたが、結局、判然としなかった。

「月野どの、それがしの問いが聞こえなかったのでござろうか」

急《せ》かすように龍陣斎がいった。

「ああ、失礼した。少し考え事をしておって。そうそう、用件であったな」

二瓶家から千代丸が盗まれたことを口にするわけにはいかない。龍陣斎からその事実が公儀に漏れたら、目も当てられない。とはいえ、千代丸の名を出さないわけにはいかない。

一郎太は龍陣斎に目を据えた。

「実は、神君家康公から賜った千代丸という小さ刀の件でまいった。御家は、今も二瓶家にうらみを持っておるのかな」

「これはまた、なんとも藪《やぶ》から棒のお話でござるな。なにゆえ、そのようなことをおっしゃるのでござろうか」

「ちとあってな」

一郎太ははぐらかすようにいった。

「さて、二瓶家になにかございましたかな」

「申し訳ないが、まだそれはいえぬ」

「さようか」

龍陣斎は別に気を悪くした風でもなかった。

「桜木どの、それがしの問いに答えてくれるか。うらみを持っているのか」

「うらみはござらぬ」

ためらいのない口調で龍陣斎が答えた。そうなのか、と一郎太は意外に思った。もっとも、これは本音ではないのかもしれない。

「御家は、今も千代丸を二瓶家から取り戻したいと考えているのか」

「当たり前でござる」

憤然とした顔で龍陣斎がいった。

「もともとあの名刀は我が家のものでござる。なんとしても取り戻したいと考えるのは、至極当然のこと」

「手立ては選ばずにか」

龍陣斎がかぶりを振った。

「そのようなことはござらぬ。揉《も》め事などはなしで、話を進めたいと我が家では考えておりもうす」

龍陣斎の表情に、偽りらしきものはなかった。

「なにゆえ千代丸が新発田家のものだとお思いなのか、そのわけを聞かせてもらえぬか」

「よろしゅうござる」

深くうなずいて龍陣斎が話しはじめる。

「新発田家はもともと奥三河の土豪でござった。戦国の昔は徳川家と武田家、今川《いまがわ》家という大国に囲まれておりもうした。今川家が滅んだあと、武田家と徳川家のあいだを行ったり来たりしておったが、当時の当主半之助時継《はんのすけときつぐ》公は武田家をきっぱりと見限り、徳川家につくことに心を決めもうした。徳川家康公の人物を見込んだからと、いわれておりもうす」

それが事実なら、正しい決断といえる。もしそのとき半之助が家康の麾下《きか》に入らなかったら、今の大名としての地位はなかったかもしれない。

「ただ、徳川家に仕えるに当たり、家康公は人質だけでなく、新発田家の家宝の千代丸を要求してきもうした。むろん突っぱねることなどできず、時継公は差し出しもうしたが、そのとき家康公は、これは形だけのものゆえ折を見て千代丸は必ず返す、とおっしゃったとの由」

「ほう、さようか……」

その書付はなかったのか、と一郎太がたずねる前に龍陣斎が言葉を続ける。

「しかし、その約束はなぜか反故《ほご》にされ、三方ヶ原の戦いののち、千代丸は二瓶家に渡ってしまったのでござる。新発田家は何度も家康公に千代丸を返してくれるよう懇願いたしたが、二瓶家には貸しただけゆえいずれ、というご返答が繰り返されるばかりで、千代丸が戻ることはなかったのでござる」

「それは気の毒だ」

「ご同情、痛み入る」

龍陣斎が謝意を述べる。

「やがて大坂の陣を最後に太平の世が到来し、それとほぼ同時に家康公はこの世を去ってしまわれた。千代丸の一件はどうにもできず、有耶無耶《うやむや》になったと思われもうしたが、今年になって、家康公からの書状が当家の蔵から出てきたのでござる」

それが、龍陣斎が二瓶家に持参したという書状であろう。

「その書状にはなんと」

すかさず一郎太はたずねた。

「千代丸は借りただけゆえいずれ必ず返すつもりでいる、という意味のことが記されていたのでござる。ご公儀のお役人にその書状を見ていただいたが、紛れもなく家康公のご真筆とのことでござった」

「桜木どのは二瓶家に談判に行ったとき、書状を持っていかれたのか」

そのことは知っていたが、一郎太はあえてきいた。

「むろん、持っていきもうした。しかし、この書状だけでは二瓶家が千代丸を神君から借り受けたという証拠にはなりますまい、とにべなくいわれもうした」

無念そうに龍陣斎が唇を嚙《か》む。坂井や石戸の言い分はもっともであろう。

その書状には、どうやら二瓶家の名は記されていなかったようだ。名が書かれていない以上、証拠にはならない。

うつむいてなにもいわなくなった龍陣斎は、今もそのときのことを悔しがっているように見える。

盗賊に依頼し、千代丸を蔵から盗み出したのであれば、こうまで無念さを露《あら》わにすることはないのではないか。どこかに、ついに千代丸を取り戻したという喜びが垣間《かいま》見《み》えそうなものだが、龍陣斎にそんな様子は一切ないのだ。

――新発田家は、千代丸の盗難に関与しておらぬ。

それだけは、動かしがたい事実のように感じた。ちらりと横を見たが、表情からして藍蔵も同じ気持ちのようだ。

だが、まだここで引き上げるわけにはいかない。ところで、と一郎太はいった。龍陣斎が気づいたように面《おもて》を上げる。

「桜木どのは、青内という男をご存じか。元御庭番の宗内という者を父に持つ男らしいのだが……」

「存じませぬ」

間髪《かんはつ》を容《い》れずに龍陣斎が答えた。

「まことに知らぬか」

「存ぜぬ」

にべなく龍陣斎がかぶりを振る。ならば、と思い、一郎太は別の問いをぶつけることにした。

「桜木どのは新発田家の譜代の臣か」

面と向かって話をしているうちに、一郎太は龍陣斎の出自に興を抱いていた。大名家の家臣というには、毛色のちがいのようなものを感じたからだ。

「譜代ではござらぬ」

即座に龍陣斎が否定した。

「それまでなんの縁もなかったこの家に望まれ、それがしは仕えることになりもうした」

素晴らしい剣の腕を買われたのだろうな、と一郎太は思った。

「では、桜木どのは浪人だったのか」

「さよう」

　ふむ、と一郎太は声を漏らした。

「浪人だった者が大名家に仕官できたというのか。この太平の世には珍しいことだ。新発田家とどのような縁があったのかな」

「それはよろしゅうござろう」

　苦い顔になり、龍陣斎が拒絶した。これについてはいいたくないのか、と一郎太は思った。

　――もしや仕官の裏に、なにかあるのかもしれぬ。

　探ってみるか、と一郎太は思案した。龍陣斎のことを詳しく知ったところで千代丸の行方につながるとは思えなかったが、どういうわけか、やってみるだけの値打ちがあるような気がした。

　――勘が当たればよいが……。

「さようか。無理強いはするまい」

「ほかにはなにか」

　仕官のことをきいたせいなのか、龍陣斎がこの場から立ち去りたがっているのを一郎太は察した。

「いや、もうなにもござらぬ」

「さようか。しかし月野どの」

龍陣斎が姿勢を改めた。そうすると、迫力がさらににじみ出、一郎太は少し圧されるのを覚えた。やはり龍陣斎は、すさまじいまでの遣い手だ。

「いったいなにを知りたくて、それがしに会いに見えたのでござろうか」

それについては必ずきかれると踏んでいたから、一郎太は前もって答えを用意していた。

「実は我ら二人は北町奉行から頼まれて、先日、二瓶家の者と会ったばかりだ。二瓶家の者によると、つい最近二瓶家に、必ず天罰が下りましょう、と記された書状が届いたようなのだ。いったい誰がそのような真似をしたのか、我らは探っている」

七樽屋が二瓶家に送りつけてきた書状を参考に、一郎太は話をつくった。

「ほう、そのような書状が……」

龍陣斎が眉間《みけん》にしわを寄せる。

「では、千代丸が返却されぬことを当家の者がうらみに思い、物騒な書状を二瓶家に送りつけたのではないかと疑って、月野どのと神酒どのはいらしたのでござるな」

「さよう」

「それで——」

龍陣斎が少し身を乗り出してきた。

「当家への疑いは晴れもうしたか」

「晴れた」

　龍陣斎を見つめて一郎太は断じた。

「新発田家はこたびの一件に関わっておらぬと、それがしは思った。この思いにまちがいはないと存じる」

「それは重畳《ちょうじょう》」

　ゆったりとした笑みを浮かべたが、龍陣斎がすぐに真顔になった。

「しかし、そのような書状を送りつけられただけで、月野どのに探索を頼むとは、やはり二瓶どのは肝《きも》の小さな男よ」

　いかにも優しげだった二瓶太郎兵衛のことをかばってやりたかったが、一郎太はなにもいわずに引き上げることにした。

　それがおそらく得策であろう。下手に話を長引かせて、千代丸のことに話題が戻るのは避けたい。

「桜木どの、いろいろとお聞かせいただき、まことにかたじけない」

　頭を下げて一郎太は龍陣斎に別れを告げ、新発田家の上屋敷をあとにした。

「聞きしにまさるすごい男でございましたな」

　外を歩きはじめて藍蔵が感嘆の言葉を口にした。

「うむ、まったくだ」

藍蔵を見やって一郎太は同意した。

「重しが取れたような気分だ」

「月野さまも、そこまで感じられたのでございますか……」

「まあな。しかし、新発田家は無実であろう」

「それがしも同じ思いでございます」

「しかし藍蔵、腹が空《す》いたな」

「ええ、空きもうした」

「ならば、蕎麦切《そばき》りでも食べるか」

おっ、と藍蔵が弾んだ声を上げた。

「それがしも同じことを考えておりました」

「気が合うな」

はい、と藍蔵がうれしそうに顎を引く。

「我らは馬が合う主従でございます」

「馬鹿をいうな」

すぐさま一郎太は打ち消した。

「もう主従などではない。友垣《ともがき》だ」

一郎太は高らかに宣した。

三

新発田家の上屋敷から東へ二町ほど行ったところで、一軒の蕎麦屋が見つかった。

「そこはどうだ」

風に揺れる暖簾《のれん》を指さして一郎太はきいた。

「ようございますな。出汁《だし》のよいにおいがしておりますぞ」

「それなら、おいしいかな」

「おいしゅうございましょう」

太鼓判を押すように藍蔵がいった。

「よし、そこで昼餉にしよう」

一郎太たちは、志馬田《しまだ》屋と白で染め抜かれた暖簾を払った。昼時ということでかなりの混みようだったが、二階の座敷に空いているところが見つかった。

一郎太たちはそこに並んで座った。蕎麦切りが来るのを待っている者もいたが、すでにほとんどの客が蕎麦切りを食していた。誰もが笑顔になっている。よい店に当たったようだ、と一郎太は安堵《あんど》とともに期待を抱いた。

他の客に蕎麦切りを持ってきた小女《こおんな》が、注文を取りに一郎太たちに寄ってきた。一郎太は鴨南蛮《かもなんばん》、藍蔵は天ぷら蕎麦を頼んだ。ありがとうございます、と笑顔でいって小女が階段を降りていった。

何人かの客が食べ終えて席を立ち、二階の座敷が少し空いてきた頃、一郎太たちに蕎麦切りがやってきた。ほかほかと熱い湯気が上がっているのを目の当たりにして、ごくりと唾が出てきた。

箸を手に、一郎太たちはさっそく食べはじめた。鴨肉にはよく汁がしみ込み、腰のある麺とよく合っている。蕎麦つゆも鰹《かつお》だしが利いていて、いくらでも飲めそうだ。

「こいつはうまい」

丼をしみじみと見て、一郎太は嘆声を漏らした。

「それがしの海老天《えびてん》も、素晴らしゅうございます」

首を何度か振って藍蔵が絶賛する。

「衣はからっと揚がり、海老には甘みがあり、柔らこうございます。新鮮でとてもよい海老を使っておりますな。これほどの海老天は、なかなかお目にかかれませぬ。もちろん、蕎麦切りもおいしゅうございますがな」

「よい店に当たったたな」

蕎麦切りをすすりながら一郎太は微笑《ほほえ》んだ。

「これも、月野さまが新発田家の上屋敷を訪ねたからでございますな」

「あの屋敷に行くことは二度とないかもしれぬが、この店にはまた来たいものだ」

「それはよいお考えでございます。そのときは、必ずお供いたします」

蕎麦切りが伸びないうちに、一郎太たちはそれぞれの品を食べ終えた。

「ああ、うまかった。ずっと食べ続けていたい蕎麦切りだった」

「それがしも同じでございます」

小女から茶をもらい、一郎太たちは喫した。

「お茶もなかなかおいしゅうございますな。ときに月野さま」

「なにかな」

一郎太は畳に湯飲みを置いた。藍蔵が顔を寄せてくる。

「桜木龍陣斎どのでございますが、いずれ戦うことになると感じられましたか」

いや、と一郎太はかぶりを振った。

「実際に会ってみて、別にそのような気はしなかった。だが、互いに突きが得手同士だ。やはり戦うことになるかもしれぬな」

「勝てそうでございますか」

「勝てるかどうかはわからぬが、負けはせぬような気がした」

「ほう、さようにございますか」

「だが、俺の勘は最近ちっとも当たらぬからな」

「外れはいたしませぬ」

「なにゆえそう言い切れる」

「月野さまが敗れるところが、それがしには想像できぬからでございます。もし桜木龍陣斎どのとやり合うことになったとしても、月野さまは必ず勝ちましょう」

「そう願いたいものだ」

一郎太は立ち上がり、階段を降りた。小女に勘定を払い、暖簾を払って外に出た。

「それで、次はどうするのでございますか」

横に立った藍蔵にきかれ、一郎太は龍陣斎と話しているときに、湧き上がってきた考えを述べた。

「ほう、月野さまは龍陣斎どのご本人のことを調べたいとおっしゃいますか」

うむ、と一郎太はうなずいた。

「どうしても気になるものでな。千代丸の盗難に関わりはないと思うが、なぜか、龍陣斎のことを調べるほうが、よいような気がしておる」

「それがしは月野さまのお考えに従います」

「そうか。ありがたい言葉だ」

「いえ、どのみちそれがしの頭では、なにも考えが浮かばぬもので、月野さまのあとについていくほうが楽なものですから」

ふふ、と一郎太は笑いをこぼした。

「藍蔵は正直だな」

「はい、そのくらいしか取り柄がございませぬので……」

「龍陣斎のことを調べるのは、決して無駄にはならぬ。いずれやり合うかもしれぬことを考えれば、敵のことを知っておくのは必須だ」

「孫子《そんし》もいっておりますな。敵を知り己を知れば百戦しても殆《あや》うからず、と」

「それは、俺の知っているのとは少しちがうな」

「えっ、さようにございますか。正しいのはなんというのでございますか」

「それはそのうち教えてやる」

「今ではないのでございますか。月野さまはけちでございますな」

「それはよくいわれる」

息を深く吸い込み、藍蔵が一郎太を見つめてくる。

「龍陣斎どののことを調べるとして、これからどちらにいらっしゃるのでございますか。月野さまには、龍陣斎どののことを知っている者に心当たりがおありでございますか」

「心当たりは一人だけある」

一郎太ははっきりと答えた。

「ほう、どなたでございますか」

「二瓶家の石戸だ」

一郎太の言葉に藍蔵が考え込む。

「そういえば、道場の試合で竹刀を合わせたことがあるとのことでございましたな」

「石戸がもっと若い時分のことだ。きっと龍陣斎について、なにか知っていることがあろう」

「ならば、石戸どのに会いに行きますか」

「その前にこの近所の口入屋に、話を聞こうと思うておる」

「口入屋に……。むろん、新発田家に人を入れている口入屋ということになりもうすな」

「この近くの口入屋なら、新発田家を得意先にしているのではないか」

藍蔵が近くを通りかかったお店者《たなもの》らしい男を捕まえ、口入屋がこのあたりにないか、きいた。その男によれば、ここから一町ほどのところに、一軒の口入屋があるとのことだ。店の名は伊佐武《いさむ》屋というらしい。

お店者に礼を述べた一郎太たちはさっそく向かい、伊佐武屋の暖簾を払った。

「いらっしゃいませ」

元気のよい声を出して若い男が寄ってきた。

「お仕事をお探しでございますか」

揉《も》み手《で》をして男がきいてくる。歳の頃からして手代《てだい》だろうか。実直そうな顔をしていた。

「よい用心棒仕事がないだろうか」

一郎太は男をじっと見てきいた。男が済まなそうな表情になる。

「用心棒でございますか。申し訳ないのでございますが、今のところ一件もございません」

「この近くの新発田家はどうだ。用心棒を募ってはおらぬか」

「新発田さまは募っておりません。なにしろ、桜木龍陣斎さまという、江戸でも指折りの豪傑がいらっしゃいますので」

「桜木龍陣斎どののことは聞いている。腕のすさまじさは鳴り響いているな」

はい、と男が首を縦に振る。

「それほどの剣客がいらっしゃいますから、用心棒が入り用になることなど、まずないのではないでしょうか」

「おぬし、桜木龍陣斎のことを詳しく知っているのか」

「いえ、詳しいというほどではございません」

「どの程度、知っておるのだ。龍陣斎の仕官のいきさつは存じておるのか」

「仕官のいきさつでございますか。あの、お侍はなぜそのようなことをおききになるのでございますか」

「その前によいか。おぬしはこの店の手代か」

「いえ、主人を務めております」

「ほう、その若さでか」

「はい、父親が隠居いたしまして、昨年から跡を継ぎました」

「それは大変だな。ところであるじ、今から話すことは他言無用にしてくれるか」

「承知いたしました」

あるじは興を抱いたようで、よく光る瞳で一郎太を見つめてくる。

「実は、用心棒の話というのは偽りなのだ。俺の本当の狙いは、桜木龍陣斎を倒し、新発田家の剣術指南役におさまることだ」

「えっ、そうなのでございますか」

あるじがうなるような声を出した。うむ、と一郎太は首肯した。

「桜木龍陣斎が剣術指南役になれるのなら、俺もなれるはずだ。俺は桜木龍陣斎を倒すために、あの男のことをなんとしても知りたいのだ。孫子もいうておるであろう。彼《か》を知り己を知れば百戦殆うからず、と」

「はい、確かに……」

横に控える藍蔵も、納得したような顔になった。

「あるじ、桜木龍陣斎について知っていることを教えてくれぬか」

「いえ、しかし……」

「おぬしは卑怯《ひきょう》な真似をするものだとあきれているのであろうが、俺としても背に腹は代えられぬ。妻子を飢えさせるわけには、いかぬのだ」

「ご内儀《ないぎ》とお子がいらっしゃるのでございますか……」

気の毒そうな顔の男にきかれて、うむ、と一郎太は顎を引いた。嘘《うそ》を重ねるのは心苦しかったが、これも探索のためだ、致し方あるまい、と腹を決めた。

「わかりましてございます」

口元をきゅっと引き締めてあるじがいった。

「もっとも、さほど詳しいことは手前も知らないのでございますが、それでもよろしゅうございますか」

「もちろんだ。話してくれるだけで十分ありがたい」

決意を感じさせる顔であるじが唇を湿した。

「手前が聞いた話でございます。六年ほど前に新発田家が領している播磨国の岩貞の地で、百姓一揆《いっき》が起きたそうにございます。お殿さまがちょうど在国されているときだったそうにございます。政《まつりごと》に大いなる不満を抱いていた一揆衆は意気盛んで、お城をめがけて押し寄せたそうにございます」

「ふむ、それで」

「一揆を率いていたのは、自分の屋敷に道場をつくり、百姓衆に剣術を教えていた名主だったそうにございます。その名主がすさまじいまでの遣い手だったらしく、鎮圧に出た家中のお侍衆はその一人に押しまくられ、剣術指南役までが討ち死にするほどの負けを喫したらしいのでございます。その勝利に勢いを増した一揆衆は、ついにお城を囲むまでになったそうにございます」

このあたりで龍陣斎の出番がきっと来るのであろうな、と一郎太は推察した。

「その後どうなった」

はい、とあるじが再び話し出す。

「いつお城が落ちるかわからないほど新発田家が追い詰められたとき、不意に戦陣に一人の浪人があらわれました。その浪人はいきなり一揆衆に躍り込んでいき、名主と戦ったそうにございます。浪人があっさりと勝ちをおさめ、名主の首を取りました。それを見た一揆衆は恐れをなし、敗走をはじめたのでございます」

「その浪人こそ桜木龍陣斎なのだな」

「さようにございます」

あるじがこくりと首を動かした。

「龍陣斎さまの戦いぶりをお城から目の当たりにしたお殿さまはすぐさまお呼び立てになり、その場で剣術指南役になってくれるよう、懇願された由にございます」

「それで龍陣斎は剣術指南役におさまったのか」

はい、とあるじが点頭《てんとう》する。

「手前はそういう風にうかがっております」

「そうだったか、よくわかった」

「それほどのお方ですので、桜木龍陣斎さまがとんでもない遣い手であるのは、疑いようがないことだと存じます」

「俺では勝てぬか」

「いえ、そうは申しませんが……」

下を向き、あるじが口ごもる。

「桜木龍陣斎について、いろいろと研究せねばならぬな。ところであるじ、その一揆の話は誰から聞いた」

「新発田家ご家中のお方でございます。龍陣斎さまのお話は、ご家中で知らぬ者はいないとのことでございました」

一揆勢を一人で敗走させるなど、それだけ派手な活躍をすれば、家中で語り草になるのは当然であろう。

「あるじ、忙しいところをまことにかたじけなかった」

あるじに礼をいって、一郎太たちは伊佐武屋をあとにした。

「城を囲む一揆衆を一人で鎮圧したとは、まことにすごい男でございますな」

熱のこもった口調で藍蔵が話しかけてきた。しかし、と受けて一郎太は首をひねった。

「龍陣斎はそのことを話そうとしなかった。それほどの大功《たいこう》を立て、主君に請われて仕官したのだ。俺なら、誰彼構わず自慢げにぺらぺらとしゃべるがな」

「龍陣斎どのは、あまり自慢したくない質《たち》なのかもしれませぬ」

「そうかもしれぬが、その話にも実は裏があるかもしれぬぞ」

「裏でございますか」

「俺にもよくわからぬが、なにゆえそのとき龍陣斎は都合よく播磨にいたのだ」

「廻国《かいこく》修行中だったのかもしれませぬ」

「ああ、そうだな」

一郎太は藍蔵の意見に逆らわなかった。

「それは十分にあり得るな」

藍蔵に同意した一郎太は、麹町にある二瓶屋敷へ足を向けた。

四

驚いたことに石戸が負傷し、長屋で床に臥《ふ》せっているとのことだ。

――俺が七樽屋の書状の件を龍陣斎へのいいわけに出した頃、石戸は負傷していたのだな。

用人の坂井の案内で、一郎太と藍蔵は石戸の見舞いに向かった。

「石戸どのは無事なのか」

急ぎ足に歩きつつ一郎太は坂井にたずねた。

「無事でございます。命に別状ありませぬ」

「それはよかった」

「すでに御典医の手当は済んでおりますが、安静を強く命じられましてございます」

「会っても構わぬのか」

「それは大丈夫でございます」

長屋に入り、一郎太たちは石戸が横になっている部屋に足を踏み入れた。

「あっ、これは月野さま」

一郎太たちの姿を見るや、石戸があわてて起き上がろうとする。

「いや、そのままでよい」

一郎太はすぐさま石戸を制した。

「いえ、しかし」

「まことに構わぬ。御典医から安静を命じられたそうではないか。傷に障《さわ》るような無理は慎むことだ」

「はい、かたじけなく存じます」

石戸がゆっくりと横になった。一郎太は枕元に座した。藍蔵と坂井が控えるように後ろに端座した。

「話すことは差し障りないのか」

石戸の顔をのぞき込み、一郎太は問うた。

「もちろんでございます。体を動かさなければよいので……」

そうか、と一郎太はいった。

「それでなにがあった。だいたいの事情は坂井どのからうかがったが」

七樽屋のあるじ九右衛門が弓矢で太郎兵衛を狙ってきて、石戸は主君をかばった際、矢を右肩に受けた。

「最初はかすり傷だと思うておりましたが、御典医によると、浅からぬ傷とのことで、驚いております」

「天が休みをくれたと思い、自愛することだ」

「はい、わかりました」

「七樽屋はどうなった」

それについては石戸ではなく坂井が語った。

「あるじの九右衛門は、寺社奉行所に引き渡しました。今頃、厳しい詮議《せんぎ》が行われているはずでございます」

「寺社奉行所に、千代丸のことを話してはおらぬな」

「もちろんでございます」

間を置かずに坂井が続ける。

「詳しいことはまだわかりませぬが、九右衛門が千代丸を盗ませた者ではないと、それがしは考えております」

それには一郎太も同感である。

「しかし、弓矢とはな……。思いもかけぬ得物《えもの》で襲ってきたものだ」

「それがしも驚きましてございます」

少しだけ顔を動かして石戸がいった。

「近づくことなく我が殿の命を奪うために、どうすればよいか、そのことを必死に考えた末、弓矢を使うことを思いついたのでございましょう」

「商人なのに、よく弓矢を使えたものだ」

「誰か、達人に教えを乞うたのではないでしょうか。金さえ積めば、教えてくれる者はいくらでもおりましょう。もちろん、まさか旗本の当主を狙うつもりでいるなど、達人は知る由もなかったでしょうが」

女盗賊の左八が忍びの術も教える斜香流道場に、自分の目的を隠して入門したことに、似ているように一郎太は感じた。

月野さまは、と石戸がやや声を張った。

「九右衛門がこの先どうなるか、おわかりでございますか」

「旗本の当主を襲ったのだ。まず獄門は免れまい」

「やはり……」

石戸は沈痛そうな表情だ。

「店も潰されてしまうであろう。旗本家の当主を襲っては、どうにもならぬ。公儀も一切、加減はするまい」

石戸が深いため息をつく。

「自死した跡継ぎの無念を晴らすためとはいえ、自らの命をなげうち、店も家族も巻き添えにしてしまうとは、なんとももったいないような気がいたします」

「九右衛門という男には、なにかしらの信念があったのであろう。せがれが店よりも、自分の命よりも大切だったということか……」

一郎太は口を閉じた。石戸も坂井も藍蔵も言葉を発さず、沈黙がその場を覆った。

「石戸どの」

静寂を破って一郎太は呼びかけた。はい、と石戸が顔を向けてくる。

「先ほど龍陣斎に会ってまいった」

「えっ、まことにございますか」

まったく頭になかったことらしく、石戸が瞠目《どうもく》する。後ろにいる坂井も驚きを隠せずにいるようだ。

「月野さま、龍陣斎となにを話されたのでございますか」

「二瓶家にうらみを抱いておらぬか、きいてきた。千代丸が盗まれたことは、むろん話しておらぬゆえ、安心してくれ」

「それで、いかがでございました」

目を大きく見開いて石戸がきいてくる。

「千代丸を返してもらえず、そのことに関してはうらみを抱いている様子ではあったが、新発田家の者は千代丸を盗んでおらぬと俺は感じた」

最も疑いが濃かった家が関わっておらぬと一郎太が判断したことが、石戸には意外だったようだ。だが、一郎太の調べに異論は差し挟まなかった。

「さようにございますか。月野さまのお言葉なら、確かでございましょう。ならば、他家の仕業ということになりますな」

「残るは、津山家と三宅家だな。その二家についても、できるだけ早く始末をつけることにいたす。その上で千代丸を必ず取り戻そう」

「よろしくお願いいたします」

懇願の目で石戸が一郎太を見る。石戸どの、と一郎太は呼んだ。

「おぬしに会いに来たのは、龍陣斎のことをもっと知りたいからだ」

「なにゆえでございましょう」

当然の疑問を石戸が口にする。

「新発田家の疑いは晴れたのではございませぬか」

「その通りだが、俺は龍陣斎の出自がどうしても気にかかってな。それを知ったからといって、千代丸が返ってくるわけではないだろうが、それでも知りたくてならぬのだ」

言葉を切り、一郎太は息を入れた。

「彼《か》の御仁について知っていることがあれば、すべて話してほしい」

わかりましてございます、と石戸が枕の上でうなずきを見せた。すぐに語りはじめる。

「それがしが龍陣斎どのと竹刀を交えたのは、八年ばかり前でございます。その頃、龍陣斎どのは新発田家ではなく、他の大名家に仕えておりました」

「ほう、そうなのか。なんという大名だ」

「中川家《なかがわ》でございます。信州の河巻《かわまき》で一万八千石を領しておりました」

河巻の中川家か、と一郎太は思った。なんとなくだが、覚えている。なぜ記憶にあるのか。そういえば、と一郎太は思い出した。

確か、七年ばかり前に取り潰しになったはずだ。それで覚えがあるのだろう。なにが理由で中川家がそんな憂き目に遭ったのか、そこまでは一郎太も知らないが、取り潰されたのち当主が病死し、中川家は断絶した。嗣子《しし》もいなかったという話だった。

「中川家が取り潰しになったことで龍陣斎は禄《ろく》を離れ、浪人になったということか」

「それがしも、龍陣斎どのが浪人になったとは風の噂《うわさ》で聞いておりました。しかしまさかその後、新発田家に奉公していたとはつゆ知らず、先日、我が屋敷に姿を見せたときは、心より驚きもうした」

それはそうであろうな、と一郎太は思った。

「八年前、龍陣斎が修行していた道場はなんという」

「深入《ふかいり》道場といいましたが、とうに潰れてしまい、今はありませぬ」

「なんだ、潰れているのか」

一郎太は拍子抜けした。

「おそらく跡継ぎがいなかったのでございましょう。当主の死とともに潰れたようにございます。門人たちは四散し、それがしが行方を知っている者は一人もおりませぬ」

「それは残念だ」

深入道場でともに稽古に励んだ門人がいれば、もっと詳しく龍陣斎のことを聞けたはずだが、それはもはや望めないのだ。

いや、と一郎太は思った。深入道場の近所の者にきいたら、どうだろうか。元門人の消息を知っている者がいるかもしれない。

「石戸どの、深入道場がどこにあったか、一応、教えてくれぬか」

わかりました、と石戸は顎を引いた。

「深入道場は善仁寺《ぜんにんじ》門前町にございました。剛渾《ごうこん》流という勇ましい名の流派でございました」

「善仁寺門前町か……」

どのあたりだったか、と一郎太は頭に江戸の地図を思い浮かべた。

「小石川《こいしかわ》でございます」

いち早く藍蔵が伝えてきた。さようにございます、と石戸がうなずく。

「それがしは深入道場には一度も行ったことがなく、詳しく存じませぬが、さして広くない町でございますので、いらっしゃれば、きっとおわかりになるものと……」

「承知した。ところで石戸どの。深入道場と試合を行ったとのことだが、誰がその橋渡しをした」

「それがしの道場の師範でございます。深入道場の道場主と行き来があったようにございます」

「そなたの師匠に会えるか」

「いえ、残念ながら」

石戸が悲しげな顔になる。

「七年前に病を得て亡くなりました」

「そうか、亡くなったのか」

「はい、深入道場との試合を行って、しばらくあとのことでございました」

怪我をしている石戸を休ませてやりたかったが、まだ聞かなければならないことが一郎太にはあった。

「剛渾流とはどんな剣を遣った」

「いうなれば、力任せの剣法でございました」

「力任せとは、それはまた珍しいな」

「深入道場ではどのような稽古をしているのか、不明でございましたが、斬撃は恐ろしく速く、しかも重いものでございました」

そのときのことがよみがえったのか、石戸が怖気《おぞけ》を振るうような顔つきをした。

「それがしが対戦したときは、龍陣斎どのに竹刀を叩《たた》き折られました。そのようなことはこれまでに一度もなく、まことに驚きました」

「竹刀を叩き折るとは……。それは、またすさまじいものだ」

まったくでございます、と石戸が応じた。

「ほかに龍陣斎について、知っていることはないか」

いいえ、と石戸が小さくかぶりを振る。

「それがしが知っていることは、このくらいでございます」

「そうか、わかった。石戸どの、いろいろ話を聞けて助かった」

「お役に立てたのなら、本望でございます」

「話はここまでだ。ゆっくり休んでくれ」

石戸の肩にそっと触れて、一郎太は立ち上がった。

五

二瓶屋敷を辞した一郎太たちは、小石川の善仁寺門前町を目指した。道については、藍蔵にすべて任せておけば安心である。一郎太がまったく知らない町でも、藍蔵は必ず導いてくれる。藍蔵にはそんな才能がある。

「小石川には善仁寺が二つございましてな」

前を行く藍蔵がそんなことをいった。

「ほう、そうなのか」

一郎太は興を抱いた。

「どちらの善仁寺に行くべきなのか、藍蔵にはわかるのか」

「わかりますとも」

自信満々の笑みを藍蔵が浮かべた。

「同じ名の寺が二つあるとはいえ、善仁寺門前町は一つしかございませぬ」

「では、もう一方の善仁寺には門前町がないのだな」

「そういうことでございます。門前町のない善仁寺は、山門の目の前を神田《かんだ》上水が流れているせいで、門前町をつくろうにもつくれなかったのでございましょう」

汚すことを公儀から禁じられている流れが真ん前にあっては、門前町の形成が許されるはずもなかった。

「もう一つの善仁寺の門前町は、常陸府中《ひたちふちゅう》で二万石を領する松平さまの宏壮《こうそう》な上屋敷の前に広がっております」

「石戸によれば、門前町はさして広くはないとのことだったな」

「実際、さしたる広さではございませぬ。こぢんまりとした町でございますよ」

まるで行ったことがあるかのように藍蔵が述べた。

「藍蔵。そなたは、なにゆえ江戸の地理に詳しいのだ。善仁寺門前町など、俺と同じで一度も足を運んだことはあるまい」

「おっしゃる通りでございます」

まじめな顔で藍蔵が答えた。

「ただ、それがしは幼き頃より、江戸の切絵図を眺めるのが大好きでございまして……」

「それはよく知っておる。暇さえあれば、うっとりと切絵図を見つめていたな」

「切絵図を眺めていると、本当にそこへ行ったような気分になったのでございます。これまで切絵図は飽きるほど眺めてまいりましたので、だいたいの地理は頭に入っております」

「俺も切絵図を見るのは好きだが、藍蔵とは熱の入れ方がまったくちがったらしい」

「そうかもしれませぬ。それがしは、それこそ一日中、切絵図を見ていることもございましたから」

「そのようなことができるのも、卓越した才能の一つであろう」

一郎太は藍蔵を心から褒めたたえた。

「かたじけないお言葉でございます」

歩きながら藍蔵がこうべを垂れた。

善仁寺門前町にあったという深入道場へ行ったところで、門人の消息を知る者に出会えるかどうか、心許ないものがあったが、今は勘に従って動くしかない、と一郎太は考えている。

しばらく歩くうちに、藍蔵が気づいたように右手を上げた。

「多分、あの神社のところを左へ曲がれば、善仁寺門前町が見えてくると思うのですが」

一町ほど先にある鳥居を指さしながら藍蔵が説明する。

「ならば、もうすぐだな」

はい、と答えた瞬間、藍蔵がいきなり足を止め、刀に右手を置いた。一郎太が驚いて見ると、行く手を遮《さえぎ》る影があった。深くほっかむりをしており、顔はまるで見えない。

——なにやつだ。このあいだの掏摸《すり》に、どことなく似ているが……。

腰を落とし、一郎太も身構えた。男は殺気を発していないが、なにをする気か知れたものではない。いつでも刀を抜ける体勢を取っておくに、しくはない。

「何者だ」

鋭い声で藍蔵が誰何《すいか》する。

「怪しい者ではござらぬ」

男が、待ってくれというように手のひらを掲げてみせた。

「川村松太郎どのの使いでござる」

道を行きかう通行人の耳に届かないような低い声で男が告げた。

一郎太は男をじっと見た。使いというのならば、この男も公儀御庭番であろうか。

いわれてみれば、雰囲気が松太郎に似ているような気がした。

——ならば、この前の掏摸ではあるまい。

「それがしは、川村どのより伝言を預かっております」

「話してくれるか」

油断することなく藍蔵が男を促した。低頭《ていとう》して男が話し出す。

「お忙しいところまことに申し訳ないのですが、巣鴨《すがも》村の東福寺《とうふくじ》までおいでくだされ、との由」

巣鴨村か、と一郎太は思った。ここからならさほど距離はないはずだ。せいぜい半里ほどではないか。

「松太郎は、なにかつかんだのか」

男の前に進み出て、一郎太はたずねた。男が首を横に振る。

「申し訳ありませぬが、そこまでは聞いておりませぬ。川村どのの用件がなんなのか、それがしは存じませぬ」

「とにかく、巣鴨村の東福寺に行けばよいのだな」

一郎太は念押しするように男に確かめた。

「さようにございます」

「なにゆえ松太郎は、会う場所に東福寺を選んだのか、それも知らぬか」

「はい、それがしにはわかりかねます。人けのないところで、月野さまに会いたいのかもしれませぬが……」

「しかしおぬし、よく俺たちがここにいるとわかったな」

不思議に感じた一郎太はきいた。ほっかむりの中で、男がにやりとしたのがわかった。

「我らは江戸の至るところに網を張っておりもうす。その上で川村どのは月野さまを見失わぬよう、手はずをととのえていたとのことにござる」

「俺を見失わぬようにというのは、手下かなにかにつけさせていたということか」

「正直なところ、委細はわかりかねます」

わずかに困惑を覚えさせる口調で、男がいった。

「月野さま、ほかにおききになりたいことは」

「いや、もうない」

一郎太がいうと、男がほっとしたように頭を下げた。

「では、それがしはこれにて失礼いたします」

いうやいなや男がさっと横に動き、そばの路地に入っていった。一郎太は男を目で追ったが、あっという間に姿が見えなくなった。

――まるで消え失《う》せたような……。

公儀御庭番とはとんでもない業前を持つ者たちだな、と一郎太は感服せざるを得なかった。忍びとは異なる者らしいが、この太平の世にもかかわらず、厳しい鍛錬を常におのれに課しているのではあるまいか。でなければ、あれほど素早い動きはできないだろう。

「御庭番とは、すごい者でございますな」

感極まったように藍蔵がいった。

「まったくだ。どのような鍛錬を積んでいるのであろう」

「東福寺で松太郎どのにおききになったら、いかがでございますか」

「それはよいな」

うなずいた一郎太は、藍蔵、と呼んだ。

「善仁寺門前町は後回しにする」

「では、巣鴨村の東福寺にまいるのでございますな」

「藍蔵、巣鴨村への道はわかるか」

「もちろんでございます。お任せください」

胸を叩いて請け合い、藍蔵が足早に歩きはじめる。一郎太は後ろについた。

四半刻ばかり歩くと、あたりはだいぶ緑が濃くなってきた。巣鴨にやってきたのを一郎太は実感した。視界に大きな武家屋敷が入ってくる。

「あの屋敷は、上総《かずさ》鶴牧《つるまき》で一万五千石を領している水野《みずの》家の抱《かかえ》屋敷でございます」

武家屋敷を見やって藍蔵がいった。

「抱屋敷ということは、公儀から拝領した屋敷ではないのだな」

「さようにございます。水野家が近隣の百姓から土地を買い取り、屋敷を建てたのでございましょう」

「そのようなことができるとは、水野家は裕福だな」

「まったくでございます」

「百目鬼家もそこそこ裕福といってよいが、抱屋敷を建てられるかどうかというと、心許ないものがあろう」

百目鬼家の表高は三万石だが、特産の寒天の収入のおかげで、実質十万石の実入りがある。それでも抱屋敷など、なかなか持てるものではない。巣鴨は場所もよく、土地の値もかなり高いのではないだろうか。

――なにをすれば、一万五千石で抱屋敷を持てるようになるのだろうか。秘訣《ひけつ》を知りたいものだ。

武家の上屋敷や下屋敷、中屋敷などは、ほとんどが公儀から賜った地に上物を建てたものである。土地代はかかっていない。

「水野家の抱屋敷の先に、東福寺はございます。それがしの覚えがまちがっていなければ、の話でございますが」

「なに、まちがいなかろう。藍蔵はこれまで一度も道を誤ったことがないゆえ」

一郎太たちは、千川《せんかわ》上水の流れに沿っている狭い道を進んでいった。千川上水は玉川《たまがわ》上水から枝分かれして水を流しているために、千川分水と呼ばれることもある。

水野家の抱屋敷を過ぎると、すぐそばに大きな寺が建っていた。

これが東福寺か、と一郎太は外観を眺めた。二十段ほどの階段があり、その先に山門が建っている。

がっちりとした山門を目指し、一郎太と藍蔵は階段を上っていった。

何人も拒まずといわんばかりに、山門は開いている。一郎太たちはくぐり、境内に足を踏み入れた。

広々した境内には多くの木も植わっており、清澄な風が吹き渡っていた。正面に広壮な本堂が建ち、庫裏に鐘楼、経堂もある。

なにかの供養のためなのか、二丈ほどの高さの石造りの塔もそびえていた。

ただし、人けはまるでなかった。

「松太郎はどこだろう」

姿を捜しつつ一郎太と藍蔵は境内を進んでいった。

「あそこに人が」

指をさして藍蔵が叫んだ。一郎太はその方向を見た。

鐘楼の横で、人がうつ伏せに倒れていた。松太郎なのか、と思いながら一郎太は駆けつけた。

横顔が見えた。紛れもなく松太郎である。背中を斬られており、そこからおびただしい血が流れ出していた。鉄気臭《かなけくさ》さが鼻をつく。

「松太郎っ」

声をかけて一郎太はそっと抱き起こした。体には温かみがあった。瀕死《ひんし》ではあるが、息はまだある。

「まずは血を止めねば」

そうしなければ、医者に連れていく前に松太郎は死んでしまうだろう。

一郎太は松太郎の着物の袖を二つとも破り、それを晒《さら》しのように体へと巻いた。その上で愛刀の下緒を使い、晒し代わりにした二つの袖をきつく縛った。

「これで血が止まってくれればよいが……」

横で藍蔵もはらはらしている。

「よし、医者に連れていこう」

「この近くに医者がいるかどうか定かではありませぬ。まずはこの寺で川村どのを横にならせてもらいましょう」

「そうだな。医術の心得がある者がいるかもしれぬし……」

一郎太が松太郎を担ぎ上げようとしたとき、後ろから人が近づいてくる気配が届いた。松太郎を害した者ではないか、と思い、一郎太は鋭く後ろを見た。

ほっかむりをした男が立っていた。一郎太は体から力を抜いた。先ほど松太郎の使者を務めた男である。

「ああ、おぬしも来ていたのか」

はい、といって男がさらに近づいてきた。

「なにやら胸騒ぎがしたものですから。やはりこのような仕儀になっておりましたか」

「この近くに医者がおらぬか」

一郎太はすぐさま問うた。

「はい、この村におります。すぐに連れていきましょう」

「それがしが担ぎます」

藍蔵が申し出て、松太郎を軽々と背負った。さすがに百目鬼家中で一番の力士《りきし》だっただけのことはある。

「よし、医者のもとにまいろう。案内してくれ」

一郎太がいったが、それには反応せずに男が自らの背中に手を回した。その動きに不審なものを覚えた一郎太は、なにをするつもりだ、と男を注視した。

男は、背後に隠し持っていたらしい棒を握っていた。足を踏み出し、いきなり殴りかかってきた。

さすがに驚いたが、油断はしておらず、一郎太はすかさず愛刀を抜いて棒を打ち返した。

がきん、と音が立ち、ひどく重い衝撃が腕を伝わってきた。愛刀の摂津守順房《せっつのかみよりふさ》は折れはしなかったが、これまで刀では感じたことのない強烈な打撃だった。一郎太の腕はじんじんとしびれた。

――鉄棒が得物とは……。

石戸から聞いた深入道場出身の龍陣斎が使った重い剣のことを、一郎太は思い出した。

――こやつは深入道場の門人だったのではあるまいか。深入道場では鉄棒を使い、稽古をしていたのかもしれぬ。

それなら、竹刀で相手の竹刀を折ったというのも不思議ではないかもしれない。

――深入道場といえば龍陣斎だが、やつはやはりこたびの一件に、関わりがあるのだろうか……。

とにかく一郎太と藍蔵が、相手の罠《わな》にかかったのは紛れもない。松太郎は一郎太たちをおびき出す餌にされたのだ。

――俺のせいで、松太郎をこんな目に遭わせてしまった。松太郎、まことに済まぬ。なんとしても命を救わねばならぬ、と一郎太は思った。

このような場所で死なせられない。

「きさまが松太郎を斬ったのか」

怒りに燃えて一郎太はたずねたが、ほっかむりの男はそれには答えなかった。黙って二間ほどを隔てて立っている。右手で鉄棒を握っているが、二の腕の筋肉の張りと盛り上がりがすさまじい。

鉄棒の握りの太さは一寸ほどか。長さは三尺くらいであろう。

ふと一郎太は、背後に人の気配を覚えた。後ろをちらりと見ると、同じようにほっかむりをした三人の男が立っていた。

——新手《あらて》か。

三人とも同じ得物を手にしている。

——こいつは厄介そうだ。

一郎太は眉をひそめた。

刀は刃が向いていないと相手に傷を入れることはできないが、鉄棒はどの面で打とうがまったく関係ない。当たれば、確実に相手を害することができる。刀を扱えるだけの腕がなくとも、膂力《りょりょく》さえあれば鉄棒はかなりの威力を発揮するのだ。

舟島《ふなしま》で宮本武蔵《みやもとむさし》が佐々木小次郎《ささきこじろう》と対決した際、櫂《かい》を削った木刀を得物にしたのも、同じ理屈であろう。

——宮本武蔵は刀技では佐々木小次郎に及ばぬことを知っていたのだ。だが俺は決して負けぬ。こやつらを倒し、松太郎を医者に運ばねばならぬ。こんなところでやられてはおれぬ。

「きさまら、御庭番か」

大声で一郎太は質《ただ》してみたが、誰からも応《いら》えはなかった。

「答えぬか。だが、それこそが答えだな。御庭番でないのであれば、ちがうとはっきり答えるであろう。答えぬのは、きさまらが御庭番だからだ。きさまらは仲間を斬ったのだ」

「そやつは仲間などではない」

一郎太の正面にいる男が、冷たい口調で告げた。

「松太郎と同じにおいがするが、仲間ではないというのか」

鉄棒を手にしている四人が御庭番でなかったら、なんだというのか。

——ならば、取り潰された四家の者ではないか。宗内の家も取り潰しに遭ったとのことだったではないか。取り潰しの憂き目に遭った家の者が、集まって悪さをしているということか。

一郎太に向かって、正面の男が無言で突っ込んできた。負けじと一郎太は突進した。死を恐れなかった石戸を見習い、深く踏み込んでいく。

男が思い切り鉄棒を振り下ろしてきた。一郎太はその前に愛刀を胴に振っていた。速さで後れを取ったことを覚《さと》ったらしく、男が鉄棒を素早く変化させた。一郎太の愛刀が鉄棒を激しく打った。

がきん、と音が立った。それだけで男がよろけた。ほっかむりで顔は見えないが、信じられないという表情をしたのではないか。少なくとも、一郎太はそう感じた。

――まさか鉄棒が、刀に押されるとは思っていなかったのであろう。

とにかく、一刻も早く松太郎を医者に連れていかなければならない。勝負はできるだけ早く終わらせる必要があった。

男に向かってすかさず突っ込もうとしたが、一郎太は藍蔵のことがふと気にかかった。藍蔵は、背後にあらわれた三人を相手にしているのではないか。

刀を構えたまま、一郎太は藍蔵のほうに目を向けた。

藍蔵は今も松太郎を背負ったままだ。戦う前に松太郎を地面に下ろそうとしたはずだが、そうはさせじとばかりに三人の敵に突っ込まれ、刀を抜いて応戦せざるを得なかったのであろう。

三人の敵は藍蔵を取り囲み、代わる代わる攻撃していた。それでも、そこはさすがに藍蔵で、敵の激しい攻撃を右手のみで刀を振って、しのぎ続けている。

藍蔵は、一郎太がしびれを切らしそうになるほどの粘り強さを身上《しんじょう》としている。その上、人並み外れた力があるから右手一本でも、十分に威力がある斬撃を振るうことができる。

さらに、藍蔵の差料《さしりょう》も無銘だがとてもよいもので、鉄棒の一撃の強さに負けることがない。今も、藍蔵の長所が存分に発揮されていた。

それでも、受けきれない打撃があったらしく、藍蔵はいくつかの傷を負っているようだ。

三人の敵は、背中に負われている松太郎ともども藍蔵を鉄棒で叩き殺そうとしているように見えた。それを目の当たりにして、一郎太に猛烈な怒りが湧き上がってきた。

——許さぬ。

正面の男はいったん捨て置き、一郎太は三人の敵に突っ込んでいった。こちらに背中を向けている男に愛刀を振り下ろしていく。殺すつもりで、容赦のない斬撃を食らわそうとした。

だが、愛刀は空を切った。右肩に斬撃が入る寸前で、一郎太の気配に気づいたらしく、男がぎりぎりでよけてみせたのだ。こちらを向くや、鉄棒を横に払ってくる。

一郎太はその鉄棒を、愛刀ではたき落とした。がん、と鉄棒が土を打つ。

その隙を狙って深く踏み込み、一郎太は愛刀を振り上げていった。男は鉄棒を引き戻そうとしたようだが、間に合わず、のけぞることでかろうじて一郎太の斬撃をかわした。

なおも足を進ませ、一郎太は上から愛刀を落としていった。ぐにゃりと身をひねって、男がそれもよけた。両手で鉄棒を握って正眼に構える。

——なんと体が柔らかなやつだ。まるで蛸《たこ》ではないか。

うなるような思いで一郎太は瞠目した。男は一郎太に圧倒されたか、その場を動こうとしない。

——藍蔵はどうしている。

案じられて一郎太はそちらを見た。

藍蔵は相変わらず松太郎を背負ったままだが、二人の敵を相手に激しくやり合っている。三人を相手にしていた先ほどとは異なり、動きが軽やかだ。足の運びも滑らかで、舞に通ずるような美しさがその動きにはあった。

新たな傷も増えていないようだ。

——あれなら、やられることはあるまい。

俺がすべきことは、と愛刀を構えながら一郎太は思案した。

——松太郎を医者に連れていくことが大事だが、こやつらの一人でも捕らえ、なにゆえ襲ってきたのか吐かせることだ。

千代丸の行方を知るための千載一遇の好機かもしれないのだ。この機を逃すことはできない。

青内のことを調べはじめた松太郎が襲われたということは、千代丸はこの男たちが盗んだのか。それとも、盗みを依頼した者がいるのだろうか。

――とにかく、はかりごとを巡らした者がいるはずだ。その者は、千代丸を探し出されては困るのであろう。

そんなことを思った瞬間、背後から別の敵がかかってきた。一郎太が最初に戦った男である。

――待っていたぞ。

一郎太は、後ろから音もなく振り下ろされた鉄棒を、まるでそれが見えているかのようにかわした。

――食らえっ。

男に向かって、渾身《こんしん》の袈裟《けさ》懸《が》けを見舞っていく。

いきなり反撃を食らうとは思っていなかったようだが、男が鉄棒を引き戻し、一郎太の斬撃を弾《はじ》き返した。

だが、一郎太が力の限りに振るった愛刀をまともに受けて、男は哀れなほどに体勢を崩した。

一郎太は男に躍りかかり、刀を振り下ろした。男が鉄棒を振り、一郎太の斬撃を打ち返してみせる。

だが、体勢が崩れているために、威力はかなり減じていた。一郎太は再び袈裟懸けに刀を落としていった。

仲間を救うためか、またしても背後から敵が攻撃してきた。目の前の敵に傷を負わせることができても、自分もやられかねないことを知って一郎太は体を翻《ひるがえ》した。

目の前に一人の男がいた。すでに鉄棒を振り下ろしてきている。

一郎太は敵の一撃を愛刀の腹で受け止め、ぐいっと押し返した。男も押し返してくる。鍔《つば》迫《ぜ》り合いのようになった。

一郎太の背後に男が近づき、鉄棒を振るってきた。一郎太は半身になってそれをかわし、逆胴に愛刀を振っていった。男があわてて下がり、一郎太の斬撃をやり過ごす。

ふう、と一郎太は息を吐き出した。

――まったく切りがないな。

藍蔵も相手の攻撃に耐えてはいるが、攻勢に出ることはできないようだ。

このままでは、いつまでたっても戦いは終わりそうにない。

だからといって、すっぱりと決着をつけるための手立ても思い浮かばない。四人の男はしぶとかった。倒すのは容易ではない。

――どうすればよい。

戦いながら一郎太は途方に暮れる思いだった。このまま勝負が長引いては、松太郎が死んでしまう。

だが、今は藍蔵とともに戦い続けて、すべての相手を倒すしか、この窮地を脱する道はない。

こやつらを屠《ほふ》るしかないのだ、と一郎太が決意をかためたとき右手から、うっ、と苦しげな声が聞こえた。なにがあった、と一郎太は目を向けた。

――なんと。

一人の若侍が刀を振るっていた。苦しげな声を発したのは敵の一人で、若侍に腕を切られたのだ。太い二の腕から血が滴っていた。

「弥佑……」

驚いたことに、そこに立っていたのは、箱根に行っているはずの興梠弥佑だった。なにゆえ弥佑がここにいるのか。箱根から帰ってきたのだろうが、もう湯治を切り上げたということか。

弥佑に傷つけられた仲間を救おうとして、一郎太と藍蔵の前を離れ、三人の敵が弥佑に殺到する。

――三人がかりでも弥佑の敵ではあるまい。

一郎太は安心して弥佑の戦いぶりを見ることができた。

三人の敵が次々と襲いかかっていくが、弥佑が刀を動かすたびに、肩や手に傷を負わされていく。敵はなにもできずに下がるしかなかった。

――やはり弥佑の腕はすさまじいな。

まさに天才である。一郎太は感嘆するしかなかった。

弥佑の登場で、一郎太と藍蔵は完全に息を吹き返した。もともと負ける気はまるでしなかったものの、一郎太は、助かったと心から思った。

とんでもない助太刀があらわれたと覚った敵は、四人全員が傷を負わされたこともあり、ついにその場から逃げ出しはじめた。

最後に境内を走り去っていった男を見て、一郎太は首をひねった。

——あやつこそ、俺が静に会った明くる朝、富岡八幡宮そばの賭場に向かう途中、路地から出てきた掏摸に似ているが……。

もしそうならどういうことだ、と考えた一郎太は、あの掏摸は、と覚った。

——偶然、俺を狙ったわけではなかろう。だが、あのときはまだ俺は千代丸の一件に関わっておらなんだが……。

どういうことだ、と一郎太は再び首をひねった。

四人が消えた今、松太郎を医者に運ぶのが先だ。一郎太は藍蔵に駆け寄った。

藍蔵の背中で松太郎は相変わらずぐったりしていたが、息はあった。幸い、血も止まっているようだ。

よかった、と一郎太は心から安堵した。

「よし、医者にまいろう」

はっ、と答えて藍蔵が松太郎を静かに背負い直した。藍蔵は左手で松太郎が背中から落ちないように支え、右手一本で戦い続けたのである。きつくなかったはずがないが、そこはさすがに藍蔵で、けろっとしていた。

「それがしは村の医療所を存じております」

張りのある声で弥佑が横からいった。

「五町ほど先に、案悠庵《あんゆうあん》という医療所がございます」

「よし弥佑、案内してくれ」

「承知いたしました」

弥佑が一郎太たちの前に出、足早に歩きはじめる。一郎太としては走って医者のもとへ行きたかったが、そんなことをしたら、松太郎がまた出血しかねない。

今は松太郎の体に、できるだけ負担がかからないようにしなければならない。焦《じ》れったかったが、逸《はや》る気持ちを抑え込んだ。

一郎太は、気を失ったままの松太郎に目を当てた。

——やはり松太郎に青内のことを任せるのではなかったな……。

一郎太が頼んだからこそ、松太郎は大怪我を負う羽目になってしまったのだ。深い悔いがある。

無理はするな、といったとはいえ、恩返しのために松太郎は無理をしたのだろう。

──松太郎、頼むから死なんでくれ。ここで死なれたら、あの猛稽古の際、失神したおぬしを医者のところに担ぎ込んだ意味がなくなってしまうではないか。頼むから助かってくれ。

医療所が見えぬものか、と気が急《せ》いたが、まだそれらしき建物は視界に入ってこない。

五町という距離がひどく長いものに感じられた。不意に、先ほどの掏摸のことが一郎太の脳裏によみがえった。

──そういえば、静に会いに行った晩、縁の下に盗人がいたが……。

もしやあの掏摸の男だったのではないか。一郎太は、その思いが頭から離れなくなった。元御庭番が、百目鬼家の上屋敷に忍び込んでいたのだろうか。

足を急がせつつ一郎太はさらに思案した。

──縁の下にあらわれたあの男は、屋敷の外で俺が出てくるのを朝まで待っていたのではないか。出てきた俺をつけ、その後、富岡八幡宮近くで掏摸を装って近づいた。あれは俺の腕を測ったのではあるまいか。俺がどれほどの腕か知ったやつは、何者なのか調べてみたということか。そうしたら、俺が千代丸の一件に首を突っ込んだのがわかり、さらなる警《いまし》めの目を向けてきたのではないか。

ここまで考えたところで、新たな疑問が浮上した。

——しかし、なにゆえやつは百目鬼家の上屋敷に入り込んでおったのだ。我が家の家宝を盗み出すためか。だが、なにかちがうような気がするな……。

その違和感がなんなのか、一郎太にははっきりとわからなかった。

思案を断つと耳に軽やかな足音が入り込んできた。面を上げた一郎太は、前を行く弥佑に声をかけた。

「弥佑、箱根から戻ってきたのだな」

はい、といって弥佑が振り返った。

「最初はとても楽しかったのですが、日がたつにつれ、次第に退屈してしまいまして……」

「体のほうはどうだ。よくなったか」

「おかげさまで、湯治に行く前と今では比べ物になりませぬ」

「それはよかった。確かに体が軽そうだ。足もよく動いているのではないか」

はい、と弥佑がうれしげにうなずく。

「本調子といってよいと存じます。これまでなかなか自分の思い通りにならなかった体が、元に戻ったような気がいたします。これも月野さまのおかげでございます」

「弥佑は俺たちのために、だいぶ無理をしてくれたからな。その恩返しのために、湯治に行ってもらったのだ。そのくらいしなければ、恩返しにならぬ」

「ありがたきお言葉でございます」

恐縮したように弥佑が低頭する。

「話には聞いておりましたが、箱根の湯はまことに素晴らしゅうございました。天下の名湯と呼ばれるのも、なんら不思議ではございませぬ」

いつか俺も箱根に行ってみたいものだ、と弥佑の話を聞いて一郎太は思った。

――そのときは松太郎も連れていこう。

「なんにしても、弥佑が助太刀に来てくれたおかげで助かった」

「いえ、それがしなどが出しゃばらずとも、月野さまと藍蔵どのなら、やつらを退治していたでありましょう」

いや、と一郎太は首を横に振った。

「正直いうと、かなり苦しかった。なにしろしつこく、あきらめるのを知らぬ者どもだった。それゆえ弥佑の顔を見たとき、これでこの戦いから解き放たれるのがわかり、俺はうれしくてならなんだ」

「それはようございました」

弥佑が朗らかな笑みを見せる。

「しかし、弥佑はよく俺たちが東福寺にいるとわかったな。もしや俺たちのあとをつけていたのか」

「いえ、そのような真似はしておりませぬ」

「ならば、どうやって俺たちの居場所を知ったのだ」

「ただの偶然でございます」

「というと」

興を抱いて一郎太はすぐさまきいた。

「それがしは、今日の午前に江戸に戻ってまいりました。久しぶりの江戸で、人の多さに目を回しそうになっていたところ、ある男が掏摸をはたらくのを見たのでございます。捕らえ、商人らしき男がすり取られた財布を取り戻そうと考えたのですが、その掏摸は足が異様に速く、なかなか追いつけませんでした」

「弥佑が追いつけなかったのか。そいつはすごい足だな」

まことに、と弥佑が同意する。

「それがしが追っていくうちに掏摸は巣鴨村に入り、この寺に走り込んでいったのでございます」

――弥佑は、俺に掏摸を仕掛けてきた男を目にしたのだろうか。それとも、別の者か。もっとも、先ほどの四人が全員、掏摸の技を持っていても決して不思議はないが……。

「それがしは、掏摸の姿を境内で見失ってしまいました。東福寺の裏手から外に出て、しばらく捜しておりましたが、結局、掏摸は見つからず、しくじったと思いながらこの寺の前まで戻ってきたところ、剣戟《けんげき》の音が聞こえてまいりました」

「それで、駆けつけてくれたというわけか」

「さようにございます」

小さく笑みをたたえて弥佑が首肯する。

「剣戟の音の主が月野さまと神酒どのとわかり、嘘だろう、とそれがしは目をみはりました。驚いたことに、掏摸の男も戦いの輪に加わっておりました」

それなら弥佑がびっくりするのも当然だな、と一郎太は思った。掏摸を追っていった先で、まさか一郎太たちに会うとは、夢にも思っていなかっただろう。

――しかし、弥佑が東福寺にあらわれたのは、偶然ではないな。やはり俺たちの絆《きずな》が深いからにちがいあるまい。

一郎太たちは松太郎を、案悠という医者の医療所に運び込んだ。戸口の庇《ひさし》の横に掲げられた看板によると、元は百姓家だった家を、医療所に改築したようだ。

からりと戸を開けて、怪我人でござる、と藍蔵が声を上げた。

案悠とおぼしき医者は四十代半ばで、待合部屋で患者らしい老人と談笑していたが、すぐに松太郎を医療部屋に入れるよう指示してきた。

医療部屋には助手らしい若者が一人いて、新たな布団を用意している最中だった。藍蔵がその布団の上に松太郎を寝かせる。松太郎は気を失ったままだ。

「お連れの方たちは、待合部屋でお待ちくだされ」

案悠にいわれて一郎太と藍蔵、弥佑は医療部屋を出て待合部屋に座った。談笑していた老人は案悠が忙しくなったことを知っていち早く帰ったようで、待合部屋は無人だった。

一郎太は目を閉じ、ひたすら松太郎の無事を祈り続けた。

四半刻ほど経過したとき襖が音もなく開き、案悠が姿を見せた。難しい顔をして、一郎太たちの向かいに端座する。

「松太郎は助かるのか」

膝行《しっこう》して一郎太はきいた。

「傷はすべて縫いましたので、もう出血することはないでしょう。毒消しの膏薬《こうやく》もたっぷり塗りました。できる限りのことはいたしました。それでも、一命を取り留めるかどうか、正直わかりません。松太郎さまの体と精神の強さに、すべてはかかっておりましょう。今夜が山でしょうな」

「先生、松太郎に会わせてもらえるか」

「もちろん。まだ目を覚ましそうにないので、顔を見るだけでございますが」

一郎太たちは医療部屋に入った。一郎太は松太郎の枕元に座り、松太郎を見つめた。

松太郎はよく眠っているようだが、息は荒く、かなり苦しそうだ。ときおり、まぶたがぴくぴくと動く。

――松太郎、頼むから死ぬな。生きてくれ。頼む。

今の一郎太には松太郎の無事をひたすら願うことしか、できることはなかった。

第四章

一

松太郎のことが案じられたが、一郎太は藍蔵とともに案悠庵を出た。

松太郎の警固は弥佑に頼んだ。一郎太たちをおびき寄せる餌にされただけだから、松太郎が二度と襲われることはないと思うが、弥佑が一緒にいるのなら、これ以上、心強いものはない。

藍蔵を引き連れて一郎太が向かった先は、番町にある川村屋敷である。

到着したときには、すでに夜の五つを過ぎていた。急な訪問にもかかわらず、松太郎の父親の隆一郎《りゅういちろう》は一郎太たちを屋敷内に快く迎え入れてくれた。

行灯《あんどん》が灯《とも》された客座敷で、一郎太と藍蔵は隆一郎と向かい合って座った。

「百目鬼さま、神酒どの、お久しゅうございます」

丁重にいって隆一郎が平伏する。隆一郎に最後に会ったのはいつだったか、と一郎太は考えた。

もう十年は優にたつだろう。その十年で隆一郎はかなり老いた。役目を離れると急激に歳《とし》を取る男は少なくないが、隆一郎もその手の者のようだ。

「いや、隆一郎どの。そのような儀は無用にしてくれぬか」

はっ、と答えて隆一郎が顔を上げ、気がかりそうにきいてくる。

「百目鬼さま、なにかございましたか」

この問いは当然である。こんな刻限に訪ねてくる者など、滅多にいるはずもない。

「もしやせがれに用事でございますか。今日は、まだ戻っておらぬのでございますが……」

心配そうな顔で隆一郎が告げた。

「松太郎は、しばらく戻らぬかもしれぬ」

一郎太がいうと、えっ、と隆一郎が声を上げた。

「どういうことでございましょう。なにゆえ百目鬼さまがせがれの行き先をご存じなのでございますか」

隆一郎にきかれて、一郎太はなにがあったか委細を語った。

なんと、と隆一郎がのけぞる。

「せがれが怪我《けが》を負ったのでございますか」

「それも、かなり重い傷だ。担ぎ込んだ医者によると、今夜が山らしい」

「さ、さようにございますか……」

隆一郎が沈痛そうな表情になる。一郎太は深く頭を下げ、畳に両手をついた。

「済まぬ、俺のせいだ。俺が松太郎に頼み事などしなければ、このようなことにはならなかった」

「百目鬼さまのせいではございませぬ。気になさいますな」

責められるのではないかと思っていたが、意外にも優しい声をかけられ、一郎太は面《おもて》を上げた。

「百目鬼さまのためなら、せがれが無理をするのは当然でございます。せがれは常々、恩返しをしたいと口癖のようにいっておりましたので」

「しかし……」

「百目鬼さま。まことに気になさることはございませぬ」

いきなり隆一郎が諸肌脱《もろはだぬ》ぎになった。

「これを御覧ください」

座ったままくるりと体の向きを変え、隆一郎が一郎太に背中を見せる。

「おおっ」

一郎太は大声を出しかけた。藍蔵も目をみはっている。

隆一郎の背中には、長さ二尺にも及ばんとする大きな傷跡があった。紛れもなく刀傷であろう。

「その傷はなにゆえ」

大きく目を見開いて、一郎太は問うた。隆一郎が一郎太のほうに向き直り、着物を羽織るように着た。

「ずいぶん昔の話でございますが、役目の最中に負った傷にございます。裏切りに遭いまして……。せがれと同様、命に関わる傷でございましたが、なんとか死は免れました」

——裏切りに遭ってこれほどまでの傷を受けるとは、やはり御庭番とはすさまじい世界に生きているのだな。

そのことが、実感をもって一郎太の胸に迫ってきた。

わずかに身を乗り出し、隆一郎が穏やかに語りかけてくる。

「御庭番として生きておれば、このような傷を負うことは珍しくはありませぬ。遅かれ早かれ、せがれはそれがしと同じ目に遭っていたはずでございます。それが、たまたま今日だったということに過ぎませぬ」

いったん言葉を切り、隆一郎が続ける。

「ですので、せがれが傷を負ったのは百目鬼さまのせいではありませぬ。せがれが御庭番だからこそ、でございます」

その言葉で、少しだけだが、一郎太の気持ちは軽くなった。

「それに探索の最中に深手《ふかで》を負うなど、せがれはまだまだ未熟だったということでございましょう。正直、それに尽きます。考えてみれば、それがしが背中に大怪我を負ったのは若い時分で、今のせがれと同じくらいの歳でございました」

深く息を入れた隆一郎が、どこか晴れやかな顔を見せる。

「百目鬼さま、せがれはきっと大丈夫でございましょう。それがしと同じで、刀にやられたくらいでくたばるようなたまではありませぬ。こたびの経験は今後の糧《かて》として活《い》きましょう。いえ、活かしてもらわねば、御庭番としての成長はありませぬ」

迷いのない口調で隆一郎が断言した。

「百目鬼さま、今宵《こよい》はよくお知らせくださいました。心より感謝いたします」

両手を揃《そろ》え、隆一郎がこうべを垂れた。

「いや、俺がそなたに知らせに来るのは当たり前のことだ」

背筋を伸ばして隆一郎が微笑を浮かべた。

「最近はその当たり前のこともできぬ者が増えております。それにしても、今宵は思いもかけず、百目鬼さまにお目にかかれて、とてもうれしゅうございました。考えもしなかった形ではございますが、これもせがれが引き合わせてくれたのでございましょう」

「俺もおぬしに会えてうれしいが……」

一郎太の言葉は途中で切れた。百目鬼さま、と隆一郎が呼びかけてくる。

「まことに気になさいますな。繰り返しますが、すべてはせがれの未熟さが招いたことでございます。百目鬼さまには、なんの責任もございませぬ」

「かたじけない」

「ただし、せがれが悪いといいましても、それがしは今宵せがれのもとへ駆けつけたい気持ちで一杯でございます。しかし、明日の朝まで待つことにいたします。今宵行ったところで、それがしができることなどなにもなく、むしろ邪魔になるだけでございましょう。今宵は経を読んで、せがれの快復を祈ろうと思います。容体《ようだい》が落ち着くのを待って、それがしがせがれを引き取らせていただきます」

「そうか、済まぬな」

一郎太は隆一郎に、元御庭番の宗内や青内を知っているか、きこうかと考えたが、やめておいた。下手をすると、隆一郎までこの一件に巻き込むことになりかねない。

あまり長居するのも申し訳なく、一郎太はこれで切り上げることにしたが、その前に隆一郎が問うてきた。

「せがれを斬り、百目鬼さまと神酒どのを襲った者どもは、元御庭番ではないかとのことでございましたな」

「その通りだ」

「百目鬼さまたちを襲ってきた者どもに、なにか徴《しるし》となるようなものは、ありませんでしたか」

そのようなものがあっただろうか、と一郎太はじっくりと考えた。

「四人ともほっかむりをしていたゆえ、顔はほとんど見ておらぬ。もしかすると、四人とも掏摸《すり》の技を身につけているかもしれぬ」

「掏摸でございますか」

うむ、と一郎太は顎を引いた。

「俺の腕を測ろうとしたのだろうが、掏摸として俺に近づいてきた者がおった。俺たちの友垣《ともがき》で、東福寺で助太刀《すけだち》をしてくれた男がいるが、その男も四人のうちの一人が商人から財布を掏《す》り取るところを見ている」

「ふむ、掏摸でございますか……」

なにか心当たりがあるのか、腕を組んで隆一郎が目を閉じる。やがて目を開けて一郎太を見た。

「百目鬼さまは、これまでに四家の御庭番の家が取り潰されたことをご存じですか」

「どういう事情で四家が取り潰しになったのか、そこまでは知らぬが……」

「取り潰しになった一つの家は盗みをはたらき、咎《とが》められました。掏摸で取り潰しになった家も一つございます」

「なんと、そうなのか」

一郎太はさすがに驚きを隠せない。取り潰しのわけがそのようなものだったとは、夢にも思わなかった。

「残りの二家がどういう事情で取り潰しになったのかは、相当古い話で、それがしも存じませぬ」

「盗みと掏摸で取り潰された二家は、なんという家だ」

「宮地家と藪田家でございます」

ならば、東福寺で襲ってきたのはこの二家の者だろう。

ここまで話が進めば、と一郎太は思った。宗内と青内のことを隆一郎にきいても、問題ないのではないか。

隆一郎どの、と一郎太は呼んだ。

「宮地家、藪田家のどちらかに宗内という者がおらなんだか」

「宗内でございますか。聞いたような覚えもあるのですが、はっきりいたしませぬ」

「ならば青内はどうだ」

「その名はまるで存じませぬ。あの、百目鬼さま。もしやその二人が、せがれを斬ったのでございますか」

「宗内はすでに鬼籍に入っているゆえ、それはない。せがれの青内という筋は、十分に考えられる」

「宗内と青内は、父子でございましたか。では、ちと名簿を見てまいりましょう」

身軽さを感じさせる物腰で立ち上がり、隆一郎が客座敷を出ていった。調べがついたか、さほどたたないうちに戻ってきた。

「見つかりました」

一郎太たちの向かいに静かに座して、隆一郎が宣した。

「名簿によると宗内は宮地家の者で、当主の腹ちがいの弟でございました。しかも宮地家が取り潰しになったのが、それがしがまだ部屋住の頃のことでございました。それゆえ、それがしは宗内の名をろくに聞いたことがなかったものと存じます」

「ふむ、そうであったか」

「百目鬼さま。ここに我が父の遺《のこ》した覚書がございます」

隆一郎が懐《ふところ》から一冊の帳面を取り出して開いた。一郎太はそれをじっと見た。藍蔵も同じである。

「この覚書は父の死後、出てきた物でございますが、それがしはこれを読んだことがありませなんだ。父の字は癖があり、どうにも読みにくいものですから」

「それは俺にもよくわかる」

一郎太はすぐさま賛意を示した。

「俺の父上も癖の強い字を書かれたゆえ。文《ふみ》をもらっても、なんと書いてあるかわからず、途方に暮れたものだ」

「百目鬼さまでも、そのようなことがございましたか」

どこか楽しそうにいって隆一郎が、こほん、と軽く咳《せき》をした。

「先ほど名簿を見るついでにこれを開いてみました。すると、宮地家と藪田家の取り潰しについて書き記してあることに気づきました」

「まことか。それは素晴らしいな」

はい、と隆一郎が誇らしげにうなずく。

「父上は正直、字は下手でございましたが、日記のようなものを書くのが、とても好きでございました。二家の取り潰しという大きな出来事について、記していてもなんら不思議はございませぬ」

「なんと書いてあった」

一郎太は急《せ》かすようにいった。

「この覚書によりますと、宮地家の当主はあまりに厳しい暮らしに耐えかね、盗みをはじめたようでございます。主に武家に忍び入っていたらしいのですが……」

「厳しい暮らしというのは、御庭番の俸給が少なく、窮乏していたということだな」

「さようにございましょう」

「盗みが発覚して、宮地家は取り潰しになったというのか」

はい、と隆一郎が肯定《こうてい》した。

「発覚したのち、どうやら当主は切腹して果てたようにございますが、宗内は知らぬ存ぜぬを通して、なんとか命は助かったようでございます」

「そうであったか。盗みが宮地家なら、掏摸で取り潰されたのは藪田家か」

「さようにございます」

宮地家と藪田家という二つの元御庭番家が、千代丸の盗難に関わっているのはもはや疑いようがない。

「よくわかった。隆一郎どの、いろいろと教えてもらい、助かった」

「百目鬼さまのお役に立てれば、本望でございます。せがれの無念を、百目鬼さまがきっと晴らしてくれると、それがしは信じております」

「必ずうつつのものにしてみせよう」

強い口調で一郎太は請け合った。

「待ち設けております」

隆一郎が座したまま辞儀する。

「それから隆一郎どの。実は、俺はもう百目鬼を名乗っておらぬのだ。当主の座を弟に譲ったのでな。今は月野鬼一という名で通しておる」

「えっ、さようにございますか。せがれからは、なにも聞いておりませぬが、月野鬼一さまでございますか。それは、とてもよい名にございますな」

「そう思うか」

実感のこもった声で隆一郎がいってくれた。

「もちろんでございます。では、これからは月野さまとお呼びすれば、よろしゅうございますな」

「そうしてくれ」

「承知いたしました」

そこまで話して、一郎太は隆一郎に別れを告げ、藍蔵とともに川村屋敷を辞した。

「しかし、隆一郎どのの背中の傷には驚きましたな」

提灯を手に前を行く藍蔵に話しかけられ、うむ、と一郎太はうなずいた。

「すさまじいものであった」

「やはり厳しい世界に生きているのでございますな」

「本当だ」

言葉少なに一郎太は答えた。

「松太郎どのには、なんとしても生き延びてもらいたいものでございます」

「俺もそれを願う。ほかに願うものはなにもない」

夜道を進んで、一郎太たちは斜香流道場に向かった。

道場に着いたときには、すでに四つに近かったが、照元斎は起きていた。

「遅くに済まぬ」

一郎太は頭を下げた。

「いえ、構いませぬ。どうぞ、お入りになってください」

一郎太たちは川村屋敷と同様、客座敷に招き入れられた。

「夜分遅くに済まぬ」

改めて一郎太は謝した。

「刻限などよろしいのでございますが、月野さま、どうかされましたか」

目を光らせて照元斎がきいてきた。一郎太はなにがあったか、あらましを説明した。

「なんと、友垣の御庭番が斬られ、さらに月野さまと神酒どのも襲われたと……」

「それで照元斎。こんなに遅くに訪ねたのは、深入道場のことを知りたいからだ」

なるほど、と照元斎が相槌《あいづち》を打った。

「『武技秘術大全』でございますな」

江戸の剣術道場のほとんどの秘剣を網羅している書物である。この世に二冊しか存在せず、照元斎が所有している以外のもう一冊は、百目鬼家の居城の白鷗《はくおう》城に所蔵されている。

「わかりもうした。では、さっそく調べてみましょう」

客座敷から姿を消した照元斎が、お待たせいたしました、と一冊の分厚い書物とともに戻ってきた。渋い顔をして、一郎太たちの前に座る。

「残念でございますが、剛渾流深入道場のことは記されておりませんでした」

「そうだったか……」

「江戸には数多《あまた》の道場がございます。『武技秘術大全』といえども、さすがにすべての道場が網羅されているわけではなく、漏れた道場がいくつかあるのは、それがしも確かめております」

「そうか、漏れがあるのか」

「申し訳ございませぬ」

「いや、照元斎が謝るようなことではない」

「ほかに考えられるのは――」

照元斎が再び口を開いた。

「深入道場という道場があるのはわかっていたものの、剛渾流という流派に秘剣がなかったということでございましょうか……」

「秘剣がなかったために『武技秘術大全』に載らなかったというのか」

「さようにございます」

――深入道場には秘剣がないというのか。ならば、龍陣斎も秘剣を持たぬのか。すさまじいまでの遣い手であるのは確かだ。ないと考えぬほうがよかろう。

そこまで考えて、一郎太は少し話の方向を転じた。

「確かな話ではないのだが、深入道場では鉄棒を用いて稽古をしていたのかもしれぬ。照元斎には、鉄棒で稽古を行う流派に心当たりはないか。なにかつながりがあり、深入道場について話を聞けるかもしれぬ」

「鉄棒でございますか」

下を向き、照元斎が考えに沈む。やがて顔を上げた。

「鉄棒というと、戦国の出羽山形《でわやまがた》の雄、最上義光《もがみよしあき》公が得物にしていたといわれております」

「ほう、それは知らなんだ」

最上義光は出羽の大名で、戦における勇猛ぶりを知られている戦国武将である。

「剛渾流とは、最上家の剣術の流れを汲《く》んでいる流派かもしれませぬな」

「確か最上家は改易されてしまったな」

「元和《げんな》八年（一六二二）の出来事と記憶しております。義光公の跡目争いで家中が大騒動となり、それを公儀に咎められ、五十七万石の大大名から一万石の大名とされました」

公儀が多くの大大名を潰しにかかっていた時期である。

――取り潰しにならず、家が存続しただけ、まだましかもしれぬ。

その後、義光の跡を継いだ孫の義俊《よしとし》が寛永八年（一六三一）十一月に、二十六の若さでこの世を去り、翌年、二歳の義智《よしさと》が家督を継いだ。

ただ義俊の死があまりに急だったために、義智は正式な跡継ぎとしての届けが公儀にまだ出されていなかった。そのことを公儀に咎められ、最上家は所領の半分の五千石を返還することになった。今は近江《おうみ》国に陣屋を構え、交代寄合として家は続いている。

「最上義光公が鉄棒を得物として使っていたなら、その技は最上家で継承されているだろうか」

ならば最上家の上屋敷を訪ねてみるか、と一郎太は考えた。上屋敷には江戸詰の家臣がいる。その者たちがなにか知っているかもしれない。一郎太はその考えを照元斎に伝えた。

照元斎が真剣な顔でかぶりを振った。

「最上家の上屋敷を訪ねるまでもございませぬ。それがしは、出羽山形の流れを汲む道場を一つ存じております」

照元斎は道場の名と所在地を一郎太に教え、さらに紹介状まで書いてくれた。

さすがに今からその道場を訪ねるのは無理だ。明朝にしよう、と一郎太は心に決めた。

「照元斎。夜分に押しかけて済まなかった」

「いえ、それがしの顔が見たくなったら、いつでもお越しください」

弥佑に通ずる柔和な笑みを浮かべて照元斎がいった。

弥佑が箱根から戻ったことを知らせるべきか、一郎太は迷った末にやめた。この親子はふつうの親子ではない。それぞれが独りで生きる覚悟をつけている。知らせる必要があると考えれば、弥佑がそうするだろう。

一郎太は照元斎に別れを告げ、道場の外に出た。空は満天の星といってよく、星明かりで提灯《ちょうちん》はいらないくらいだ。

一郎太と藍蔵は、巣鴨村にある案悠庵に向かって歩きはじめた。

途中、ここしばらくなにも腹に入れていなかったことを思い出し、夜鳴き蕎麦《そば》で腹ごしらえをした。熱い蕎麦切りは、体に染み渡るほどうまかった。

――松太郎、どうか、助かってくれ。さすれば、うまいものを存分に食べることができるのだ。

斜香流道場を出ておよそ一刻《いっとき》後、一郎太たちは案悠庵に到着した。

松太郎の容体が気になって、一郎太は胸が痛くなる。

――もし儚《はかな》くなっていたら……。いや、つまらぬことを考えるな。

自らに言い聞かせて一郎太は戸を横に滑らせようとしたが、心張《しんば》り棒《ぼう》が支《か》ってあるらしく、開かなかった。戸を叩《たた》くまでもなく、土間に人の気配が立ったのが知れた。

「お帰りなさいませ」

弥佑の声とともに戸が開いた。

「うむ、ただいま戻った」

一郎太と藍蔵は案悠庵に入った。土間にいた弥佑が笑顔を向けてくる。

その笑みを見て、一郎太は心からの安堵《あんど》を覚えた。もし松太郎の身になにかあれば、弥佑が笑っていられるはずがないからだ。

「松太郎はどうしている」

それでも気にかかり、一郎太は一応きいた。

「よく眠っておられます。寝息もだいぶ穏やかなものになってまいりました。よい方向へ向かっているものと、それがしは思っております」

「案悠先生は医療部屋にいらっしゃるのか」

「いえ、助手の方とともに二階に上がられ、お休みになっております」

医者が目を離しても大丈夫なのだ。松太郎は見事に持ちこたえてみせたのである。

――よくがんばった。

熱い感動が胸を浸す。一郎太は静かに襖《ふすま》を開け、隅に行灯が一つ灯されている部屋に足を踏み入れた。松太郎の枕元に端座する。

松太郎はよく眠っていた。弥佑のいう通り、寝息は規則正しく、静かなものになっている。

――まことによくなっておる。

よかった、と一郎太は目を閉じ、喜びを嚙《か》み締めた。

隆一郎といい、照元斎といい、さすがに武士だけのことはある。二人とも親子は別ものとわきまえている。やはり弥佑の江戸戻りなど告げずによかった、と一郎太はひとりごちた。

二

明くる朝の六つ前、待合部屋で横になっていた一郎太は、ごそごそと起き出した。そばで寝ていた藍蔵とともに医療部屋に入り、松太郎の様子を見る。

松太郎はまだ眠ったままだ。穏やかな寝息を吐いているが、目を覚ましそうな気配はまったく感じられない。

一郎太たちが立てた物音を聞きつけたか、二階から手燭《てしょく》を持って案悠と助手が降りてきた。一郎太たちと朝の挨拶をかわして、案悠が松太郎の枕元に座って脈を取る。

「昨日と比べたら、だいぶ落ち着いてきておりますな。この分なら、じきに目を覚ましましょう」

自信ありげに案悠が語った。

「それならよいのだが……」

「ここまでよくなれば、もう心配はいりません。安心してくだされ」

確信のこもった声音で案悠がいった。

「先生の手当がよかったのであろう」

「もちろん、それはありますかな」

子供のような顔で案悠がにこりとした。

「弥佑」

部屋の隅に座る弥佑に、一郎太は声をかけた。はっ、と答え、弥佑が顔を向けてくる。

「これから藍蔵と出かけてくるゆえ、また松太郎のことをよろしく頼む」

「わかりました。今日はこちらにお戻りになりますか」

「そのつもりだ。やはり松太郎のことが気になるからな」

「承知いたしました。お待ちしております」

弥佑から目を離し、一郎太は案悠に眼差《まなざ》しを注いだ。

「先生。弥佑に朝餉《あさげ》を食べさせてやってくれぬか」

「もちろんでございます。助手の以蔵《いぞう》は包丁の腕がとてもよろしいのですよ。昨夜は夕餉を差し上げましたし、弥佑さんのために、今朝もおいしいものをつくってもらうように頼んでおきます」

以蔵と呼ばれた助手が微笑する。

「それはありがたい」

一郎太は案悠の心遣いがうれしかった。弥佑もにこにこしている。

「では、行ってまいる」

一同に告げて、一郎太は藍蔵とともに案悠庵を出た。外は真っ暗だ。昨夜は降るような星空だったが、今は雲が出ているらしく、星の瞬きは一つも見えない。

風はなく、あたりは静けさに覆われている。静寂の幕にわずかに穴を穿《うが》っているのは、すでに畑に出ているらしい百姓衆のひそめた話し声だけだ。

「まいりましょう」

藍蔵が小声で一郎太をいざなってくる。うむ、と一郎太は返した。

提灯に火を入れた藍蔵が、一郎太の前に出て歩き出す。一郎太たちがこれから向かおうとしているのは赤坂田町《あかさかたまち》一丁目だ。そこに照元斎から聞いた剣術道場があるのだ。

巣鴨村から赤坂田町までおよそ二里。一刻ほどで着くだろう。

暗い中、朝靄《あさもや》が出ている。それらを突っ切るようにして一郎太たちは足早に歩いた。

「日の出までまだ半刻《はんとき》近くはありましょうに、百姓衆は実に早いですな。感心いたします」

周りに目を配りながら藍蔵がいった。

「まったくだな。だが俺も今朝は百姓衆に負けぬほどの早起きをしたぞ」

早起きといえば重二郎だな、と一郎太は思い出した。重二郎が永尾雅楽頭に呼び出された一件は、どうなったのだろう。重二郎からつなぎはないから、大した用件ではなかったのだろうか。

——いや、そんなことはあるまい。大事な話だったはずだ。

「そういえば重二郎さまは、部屋住の頃から早起きでいらっしゃいましたな」

藍蔵の声が頭に入ってきて、一郎太の思考は中断した。

「藍蔵は、重二郎が早起きであることを知っていたのか」

「もちろんでございます。家中では有名でございましたから」

「なんと、そうであったか。実の弟のことなのに、俺はこのあいだ静に教えられるまで知らなんだ」

「重二郎さまのことを大事にされている月野さまにしては、珍しいこともあるものですな」

「まったくだ。重二郎の早起きのことを俺だけが知らなかったなど、どうにも信じられぬ」

ところで月野さま、と藍蔵が話題を変えるように呼びかけてきた。

「昨夜は眠れましたか」

前を行く藍蔵がきいてきた。

「よく眠れた」

「それはようございました。もっとも、それがしも同じでございます。松太郎どのが快方に向かったのが、安眠につながったのでございましょう。医療所に泊まり込んだにもかかわらず、ぐっすり眠れもうした」

途中、開いていた茶屋に寄り、握り飯と味噌汁《みそしる》で朝餉とした。塩がよく利いている握り飯で、なかなか美味だった。一郎太は力が湧いてきたのを感じた。

案悠庵を出て、ほぼ一刻後に一郎太たちは赤坂田町一丁目に入った。その頃にはとうに日は昇り、江戸の町はまぶしいほどに明るくなっていた。その上、風がかぐわしく、一郎太は気持ちよく歩くことができた。

照元斎から詳しく道順を聞いていたので、目当ての奥山《おくやま》道場は、探すまでもなく見つかった。

看板には空山流《くうざんりゅう》奥山道場とあった。

――この道場も鉄棒を使って稽古をしているのだろうか。

いったいどんな稽古をしているのかと思うと、胸が高鳴った。

もっとも、まだ門人たちは来ていないらしく、稽古の音は聞こえてこない。道場は静かなもので、戸もひっそりと閉まっていた。

「頼もう」

戸口に立った藍蔵が声を張り上げ、訪《おとな》いを入れた。中から応《いら》えは聞こえなかったが、人の気配が動いたのが知れた。気配がゆっくりと近づいてくる。

「どなたかな」

戸越しに、男のしわがれ声が届いた。藍蔵が名乗り、用件を述べた。

「斜香流道場の興梠照元斎どのの書状も持ってきております」

「ほう、照元斎の」

心張り棒が外される音がし、からりと戸が開いた。土間にしわ深い男が立ち、一郎太たちに興味深げな眼差しを当ててきた。

この男が道場主だろうな、と一郎太は思った。照元斎を呼び捨てにできる者など、ほかにいないだろう。

「どれ、照元斎の書状を見せてもらえるかな」

藍蔵を見つめて男が手を差し出してきた。

「こちらでござる」

懐から紹介状を取り出し、藍蔵が男に手渡した。

文を開いた男がさっそく読みはじめた。老眼らしく、文を少し遠ざけるようにしている。読み終えて顔を上げた。

「用件はわかりもうした。どうぞ、お入りになってくだされ」

ひんやりとしている道場内に通された一郎太たちは見所《けんぞ》に座った。座布団はなく、尻が少し冷たかった。

道場はどこか荒《すさ》んだ雰囲気だ。人けがないことも相まって、寂れているようにしか見えなかった。

「わしは道場主の弾正斎《だんじようさい》と申す。お見知り置きを」

一郎太と藍蔵も、それぞれ名乗った。

「月野どのに神酒どのでござるな。照元斎には久しく会っておらぬが、元気にしているのでござろうか」

「とても元気でいらっしゃいます」

これは藍蔵が伝えた。

「それは重畳《ちようじよう》」

弾正斎がにこにこと笑《え》んだ。

「お二人は照元斎の門人か」

「門人ではなく、友垣でござる」

「ほう、友垣とは。照元斎はそなたらのような年若い友垣がいて、よいのう。まことうらやましいわ」

「弾正斎どのにも、若い門人がいらっしゃるのではござらぬか」

「若い門人は一人もおらぬ」

渋い顔をして弾正斎がいった。

「今は、昔からの門人が十人ばかりしか残っておらぬ。その十人がいなければ、とうに道場は閉めておるところじゃ。その十人がいるおかげで、なんとか細々と続けていられるのじゃよ」

弾正斎は老齢で、厳しい稽古はもう行えないのかもしれない。強くなるために剣術を習いに来る者たちは生ぬるい稽古では満足せず、すぐに去ってしまうのではなかろうか。

剣術に熱心な者をつなぎとめるためには、教える側も相当の情熱がないと駄目だろう。その情熱を保つには、弾正斎は少し歳を取りすぎているのかもしれない。

弾正斎どのに跡継ぎはおらぬのか、とたずねようとして一郎太はとどまった。

弾正斎がこれまで独り身を通してきたのか、それとも妻帯していたものの子ができなかったのか、そこまではわからない。だが跡継ぎがいないのは明らかだ。

「それで鉄棒のことだが」

一郎太は弾正斎に水を向けた。

「それか。実はうちの道場は、鉄棒はとうに使っておらぬ。先々代のときに竹刀での稽古に改めたのじゃよ」

「ああ、さようですか」

鉄棒での稽古が行われていないことが、一郎太には残念だった。

「照元斎の書状には、最上義光公の鉄棒を継承した者について話してほしいと書かれていたが、それでよいのかな」

もちろんでござる、と藍蔵が応じた。

「それをお聞きしたくて、我らは足を運ばせていただきもうした」

両肩を張って藍蔵が力説した。

「承知した」

弾正斎がかさかさの唇をなめてから、口を開く。

「元和八年に最上家が改易されたとき、大勢の家臣が浪人になった。五十七万石の大大名から一万石の大名にされ、さらに五千石の旗本にまで落とされたのだから、それも当然のことじゃ」

弾正斎がすぐに言葉を継いだ。

「それでも、かなりの者が大名家や旗本家に仕官することができた。鉄棒の名人として知られたある者は紀州徳川家に仕えたのじゃ」

紀州か、と一郎太は思った。御庭番を創設したのは、いうまでもなく紀州家出身で八代将軍の吉宗《よしむね》である。

「その名人の名は」

一郎太はすかさずきいた。

「延沢満延《のぶさわみつのぶ》という者じゃ」

間髪《かんはつ》を容《い》れずに弾正斎が説明する。

「満延どのは義光公の近臣で、主君と同様、戦場において鉄棒を振るい、多くの手柄を立てた。その名声のおかげで、延沢家の者は紀州家に仕官がかなったのじゃ」

「延沢家は御庭番だったのか」

「いや、そうではない」

首を振って弾正斎が打ち消した。

「有徳院《ゆうとくいん》（吉宗）さまが将軍として江戸に出ていらしたときに従ってきた家臣の一人じゃ。紀州家に仕官した延沢家は、主君の小姓として仕えたのじゃ」

「それで」

身を乗り出し、一郎太は先を促した。

「鉄棒の技は延沢家に延々と継承され続けた。そして紀州家に仕えてちょうど五代のちに天才があらわれたのじゃ。その者は三男で、延沢家を継ぐことは叶《かな》わず、江戸で道場を開くことになったのじゃ」

「それが深入道場か」

「そうではない。この道場じゃ」

誇らしげに胸を張って弾正斎が答えた。

「道場は奥山道場となっているが……」

「延沢家にあらわれた天才は奥山家という御家人に婿入りしたのじゃよ。そののち、この道場を興したのじゃ」

ふと弾正斎の顔に翳《かげ》が差した。

「しかしその歴史ある道場も、どうやらわしの代でおしまいのようじゃ……」

「それは残念な」

弾正斎の無念さが伝わり、一郎太は心から同情した。なんとかならぬものか、と思ったが、たいていの場合、どうにもならないものである。

「これも、ときの流れよ。致し方あるまい。逆らうことなどできぬ」

つぶやくようにいって弾正斎が面を上げた。

「お尋ねの深入道場はこの奥山道場で高弟を務めていた者が、わしの父の許しを得てはじめたのじゃ」

「その高弟は御庭番だったのか」

さよう、と弾正斎がうなずいた。

「元御庭番で名を林惣市《はやしそういち》といった。もっとも、惣市が若くして亡くなり、深入道場は一代限りで絶えてしまったが」

石戸によれば、病で道場主が死に、それで道場は潰れたとのことだった。

――ふむ、林惣市か。取り潰しに遭った四家の一つに、林家があったな。

「林惣市がはじめた道場は、なにゆえ深入道場という。林惣市が深入という家に婿入りでもしたのか」

「その通りじゃ。深入家は御家人じゃよ」

「深入家は今どうなっている」

「惣市に跡継ぎはなく、その上あまりに少禄《しようろく》の家のために養子のなり手もなく、断絶した」

「断絶か。それは悲しいな」

「武家にはまことに辛《つら》い出来事よ」

それは確かだ、と一郎太は思った。武家は血よりも家だ。家を存続させるためには、他家から養子を入れることは厭《いと》わない。

「林家が取り潰されたゆえ、惣市はどんな少禄の家でも養子入りできればよかったのだ。それが生きる術《すべ》となるからな」

「深入家の者はまだ存命か。例えば、惣市の妻はどうだ」

「いや、妻も惣市の死の翌年に病死したと聞いた。惣市の義父母も惣市が道場を興した頃には、すでに鬼籍に入っていた」

とにかく、と一郎太は思った。元御庭番の宗内は深入道場で修行をし、その子青内も深入道場の門人だったのかもしれない。あるいは門人ではなく、宗内から鉄棒や偸《ちゆう》盗《とう》の術を、じかに学んだのかもしれなかった。

——元御庭番がこたびの件に関わっているのはまちがいない。

このまま前へ進み続ければ、と思って一郎太は拳を強く握り締めた。必ず千代丸を取り戻すことができる。

三

奥山道場を辞した一郎太と藍蔵は、いったん案悠庵に戻った。

松太郎が目を覚ましているのではないかという期待を持っていたが、残念ながらいまだに昏々《こんこん》と眠っていた。

「月野さま」

松太郎の父親の隆一郎が来ていた。

「昨夜はお知らせいただき、まことにありがとうございました」

畳に手をつき、丁寧に辞儀してきた。

「いや、こちらこそかたじけなかった」

隆一郎は松太郎が大怪我を負ったことに対し、一郎太を責める姿勢をまったく見せなかった。そのことに、一郎太は感謝の思いを抱いている。

月野さま、と隆一郎が一郎太に語りかけてくる。

「それがしがこちらにまいったのは、実はせがれの様子を見に来ただけではございませぬ。月野さまにお伝えしなければならぬことがございまして」

「さて、なにかな」

よほどのことではないかと感じ、一郎太は真剣な目を隆一郎に向けた。

「実は、こたびの川村松太郎の儀について聞きたき事あり、とのことで、若年寄の久世甲斐守さまがお呼びでございます。それがしは今朝早く、松太郎のことを甲斐守さまにお伝えしたのでございますが、そのときに月野さまのお名を出しましたところ、甲斐守さまは直に委細を知りたいとお考えになったようにございます」

「久世どのがな……」

「月野さま。急で申し訳ないのでございますが、今からよろしゅうございますか。それがしも同道いたします」

「今からか。この刻限では、久世どのはすでに出仕されているのではないか」

公儀の要人たちは、午前の四つまでに千代田城に登城しなければならない。

「今日は登城を遅らせる由にございます」

「わかった。まいろう」

松太郎のことを再び弥佑に託し、一郎太は藍蔵を連れて案悠庵を出た。隆一郎の案内で市谷にあるという久世屋敷に向かう。

　半刻ほどで久世屋敷に着いた。久世と会うのは一郎太のみということで、藍蔵と隆一郎は控えの間で待つことになった。

　久世家の家臣に導かれて一郎太が対面所に入ると、久世がすでに下座に座していた。

「甲斐守どの、どうか遠慮なさらず、上座にお座りくだされ」

　一郎太は勧めたが、久世がかぶりを振った。

「それがしはこちらでけっこうでござる」

「わかりました」

　一郎太は久世の向かいに端座した。

「月野どの、よくいらしてくださった」

　久世が満面の笑みになる。一郎太も笑顔になった。

「甲斐守どのとはお初でござるな」

「それがしは、前から月野どのにはお目にかかりたいと思うておった」

　久世は五十をいくつか過ぎているだろうが、血色はよく、声にも張りがあった。

　失礼いたします、と襖が開き、久世家の家臣が二つの茶を持ってきた。一礼して家臣が去り、襖が閉まった。

「どうぞ、お召し上がりくだされ」

かたじけない、と一郎太は湯飲みを手に取った。温かみが手のひらにじんわりと伝わる。

「甲斐守どのは、なにゆえそれがしに会いたいと思われたのでござるか」

「それがしは久世家の当主の座を守ろうとして、今も汲々《きゅうきゅう》としているが、月野どのは北山城主の座をあっさり降りてしまわれた。なにゆえそのようなことができたのか、そのことを聞きたいと考えてござった」

「なに、簡単なことでござる」

茶を喫して一郎太はいった。

「家中でいろいろとござって、嫌気が差したに過ぎませぬ」

「詳しくは知らぬが、ごたごたがあったとは聞いてござる」

その通りでござる、と一郎太は首肯《しゅこう》した。

「家督を巡っての騒動がござった」

「さようか、そのようなことがあったとは……。それは、月野どのが嫌気が差すほどのものでござったのだな」

さようにござる、と一郎太はためらいなく答えた。

「騒動のすべてが終わったのち、それがしは弟に家督を譲り、すべてを請け負わせました。晴れて自由の身となり、今は重荷を下ろしたような気持ちでござる」

ふむ、と久世が鼻を鳴らした。

「話には聞いていたが、月野どのは実に正直なお方でござるな。そこまで話してくださるとは。今は、いかにも自由を存分に堪能《たんのう》されているご様子。ちとうらやましゅうござる」

「ちと、でござるか」

「さよう」

久世が柔和《にゅうわ》な笑みを漏らす。

「それがしには、当主の座を手放そうという気は毛頭ござらぬ。殿さまでいられるというのは、何物にも代えがたいものがあるゆえ」

「甲斐守どのも、ずいぶん正直なお方でござるな」

「いや、それがしは家臣からは陰で狸親父《たぬきおやじ》と罵られてござる」

「いや、罵っているのではなく、親しみを込めて呼んでいるのだとそれがしは勘考《かんこう》いたす」

「それならうれしいのでござるが……」

こほん、と咳払いをし、久世が背筋を伸ばした。

「さて、眼目の一件でござるが」

本題に入ったのを覚《さと》った一郎太は姿勢を改めた。

「どういう経緯で川村松太郎が傷を負わされることになったのか、お聞きしたい」

「承知しました」

一郎太は知る限りのことを述べる気になったが、千代丸が盗み出されたことだけは、さすがにここで口にするわけにはいかない。

「さる知り合いが大事な物を盗《と》られました。その知り合いから探索を頼まれたそれがしは、すぐさま調べを進めました。すると、元御庭番の父を持つ青内という男が浮かび上がってまいりました。それがしは青内のことを調べてほしい、と松太郎どのに頼みました」

「うむ、それで」

強い光をたたえた瞳で、久世が一郎太をじっと見る。

「昨日の昼、松太郎どのの使いだという者がそれがしの前にあらわれ、松太郎どのが巣鴨村の東福寺で待っていると伝言してまいった」

一郎太は茶をひとすすりして続けた。

「友垣の神酒藍蔵とともにそれがしが東福寺に赴くと、松太郎どのは境内で背中を斬られて倒れていました。医者に運ぶために松太郎どのを担ぎ上げたところ、四人の元御庭番とおぼしき男が我らに襲いかかってまいりました。すぐさま応戦した我らに助《すけ》太刀《だち》が加わったこともあり、激しい戦いののち、四人は退散いたしました。ひじょうに手強《てごわ》い者どもでござった」

一郎太は口を閉じ、久世をじっと見た。

「月野どのたちは、そやつらのあとを追ったのか」

「追っておりませぬ。追ったところで追いつけぬと判断いたした」

ふーむ、と久世が大きく息をついた。

「そのようなことがござったか」

一郎太から詳しい話を聞き、久世は納得した様子だ。

一郎太はさらに説明を加えた。

「四人の男は、元御庭番の宮地家と藪田家の者ではないかと思われます」

なんと、と久世が驚きの声を発した。

「取り潰しになった四家のうちの二家でござるな。その二家の者が、月野どのの知り合いから大事な物を盗んだとおっしゃるのか」

「まずまちがいないと存ずる」

久世を見返して一郎太は断じた。

「もしかすると、その二家より前に取り潰しになった林家と吉川家の者も、悪事に荷担しているかもしれませぬ」

「ならば、取り潰された四家すべてということでござるな」

眉根を寄せ、久世が厳しい顔になる。

「これは容易ならぬ。そやつらがまことに悪事をはたらいているのなら、一刻も早く捕らえなければならぬ。月野どのも力をお貸しくださるか」

「もちろんでござる」

「遣い手として知られる月野どのが捕縛に加わってくださるなら、千人力でござる」

「かたじけないお言葉」

一郎太は頭を下げた。さてどうするか、と畳に目を当てて思案する。

一郎太には、千代丸のことで久世にききたいことがあった。

――だが、下手にきけば甲斐守どのに千代丸の盗難を覚られる恐れがある……。

「月野どの、どうされた」

下を向いたまま黙り込んだ一郎太を気にしたか、久世が声をかけてきた。

一郎太は顔を上げ、久世の顔を凝視した。一郎太のことを心から案じる顔をしているように見えた。

――甲斐守どのは、信を置いてもよい人物なのではないか。

一郎太はそんな気がした。もし千代丸が盗み出されたことがわかっても、いきなり二瓶家を取り潰しに追い込むような真似《まね》はしないのではないだろうか。

――賭けではあるが、今はおのれの眼力を信ずるしかなさそうだ。そうせぬと、前に進めぬ。もし俺のせいで二瓶家が取り潰しになるようなことがあれば、腹をかっさばいて死ぬしかあるまい。

丹田《たんでん》に力を込め、一郎太は覚悟を決めた。甲斐守どの、と呼びかける。

「それがしからも聞きたいことがあるのでござるが、よろしいか」

「なんでござろう」

久世が真剣な面持ちで聞く姿勢を取る。こんなところにも、信頼できる人物と思える特徴があらわれている気がする。

「上さまが二瓶家の千代丸をご覧になりたいとおっしゃったというのは、まことのことでござろうか」

「まことのことでござる」

久世がはっきりと答えた。

「上さまがそれがしにおっしゃったゆえ、二瓶家に伝えもうした」

「上さまが夢で千代丸をご覧になったというのも、まことのことでござるか」

「それがしは、上さまからそういう風にうかがってござる」

久世が一郎太に少し顔を寄せた。

「月野どの、なにゆえそのようなことをきかれるのか」

「ちとありましてな」

うむう、とうなるような声を久世が出した。

「先ほど、さる知り合いが大事なものを盗られたとおっしゃったが、もしや二瓶家が千代丸を盗まれたのではござらぬか」

やはり覚られたか、と一郎太は思った。ここまでいえば、当たり前であろう。

「もし仮に二瓶家が千代丸を何者かに盗まれ、上さまにお目にかけられぬのが明らかになったら、甲斐守どのはどうされる。二瓶家を取り潰されるか」

「いや、それはない」

久世が真剣な顔で否定する。

「ただし、ほかの者に知られたら、取り潰しも十分にあり得よう」

「ほかの者というと」

それこそが陰で元御庭番に指図し、千代丸を盗ませた張本人なのではないか。

「公儀の要人たちでござる」

「あえて一人を挙げるとすれば、誰でござろうか」

一郎太としては肝心な話を聞きたかった。長く要職にある久世に見当がつかないはずがない。

「ふむ、一人に絞れとおっしゃるか……」

「あくまでも仮の話でござるが、もし千代丸が盗み出されたとして、そのことに元御庭番が関わっているのは疑いようがござらぬ。それがしは、元御庭番を操っている者がいるような気がしてならぬ」

一郎太はさらに言葉を続けた。

「いま甲斐守どのは川村家を差配しておられる。それと同じように宮地家や藪田家を差配していた者がいるはず。それは、どなたでござろうか」

いったん瞑目《めいもく》した久世が目を開けた。覚悟を決めたような色を瞳に宿している。

「その二家を差配していたのは、それがしと同じく若年寄を務めている永尾雅楽頭どのでござる」

やはり永尾であったか、と一郎太はがっちりとした手応《てごた》えをつかんだような気持ちになった。もともとそんな予感はあったのだ。重二郎を呼び出した男という思いが、胸にわだかまっていたからかもしれない。

「取り潰しになった四家のうち、二家を永尾どのが差配していたのでござるな。残りの二家はいかがでござろう」

「林家と吉川家が取り潰されたのは、永尾どのが若年寄になる前のことゆえ、関わりはないと存ずる」

ふとなにか気づいたことがあったか、久世が、はっとした表情になった。

「いま思い出したのでござるが、林家と吉川家の当主だった者が宮地家や藪田家に奉公していたという噂《うわさ》が流れたような気がいたす。もしそれが事実なら、永尾どのは林家、吉川家とも関わりがあったといえよう」

なるほどな、と一郎太は合点がいった。

「その後、宮地家と藪田家は盗みと掏摸の罪を問われ、取り潰しになったのでござったな。その二家を差配していた永尾どのは、責任を問われなかったのでござろうか」

「問われなかった」

顔をしかめて久世が首を何度か振った。

「永尾どのの責任を問う会議の席には四人の御老中も出席されたが、そこに上さまがお越しになり、雅楽頭はなにも知らなんだのだから役目を免ずることは許さぬ、とおっしゃったのでござる。まさに鶴の一声で、それ以上は誰もなにもいえなかった
……」

一郎太は、信じられぬものを聞いた、と思った。

「永尾どのは、そこまで上さまに大事にされているのでござるか」

「おそらく会議がはじまる前に、上さまに弁明の言葉を吹き込んだのでござろうが
……」

「もしこたびの一件で永尾どのが罪に問われたとして、また上さまがかばわれるということはありませぬか」

「さすがにそれはないものと存ずる」

強い口調で久世が断じた。

「永尾どのがじかに犯罪に関わっているのなら、上さまがかばわれることは、まずあり得ぬ。そのあたりのけじめは心得ておられるお方でござる」

「それをうかがい、安堵しました」

胸をなでおろした一郎太はさらに問うた。

「永尾どのには、なにか悪い噂があるのではござらぬか。なにかお聞きになっておりませぬか」

「確かに、永尾どのの評判は悪い。比類なき強欲ぶりが多くの者に嫌われておる。とにかく、この世で最も好きな物は金だという男で、金しか信じておらぬとの評もある」

——俺も金は大好きだが、強欲とまで呼ばれておらぬな。

「永尾どのの強欲ぶりは、おそらく長崎奉行の時代に養われたものではあるまいか。任期を終えて長崎から江戸に戻ってきたとき、上さまへの土産物《みやげもの》をあまた持ち込んだが、それらを見て上さまがいたく喜ばれたらしい。それ以来、永尾どのは上さまの寵《ちょう》愛《あい》を受け続けてござる」

「長崎奉行は旗本役でござるが、永尾どのは大名に出世したのでござるな」

「もちろん上さまが引き上げたのでござる」

そういうことか、と一郎太は思った。

「永尾どのは上さまの歓心を買うために政《まつりごと》をしているような男でござる。上様の寵愛を後ろ盾にし、さらに周りに金をばら撒《ま》くことで権勢を振るってござる。しかし敵も多く、いずれ足をすくってやろうと考えている者も決して少なくない」

甲斐守どのもその一人かもしれぬな、と一郎太は思った。いや、まちがいなくそうであろう。

「永尾どのなら、千代丸の夢を見たゆえじかに手にとって見たい、と上さまにいわせるのは難しいことではないのでござるな」

「それくらい楽にできよう。月野どのは、永尾どのが上さまを操っているとおっしゃるのだな」

「二瓶家の一件については、それしか考えられませぬ」

「上さままでおのれの利に用いるとは、なんたる輩《やから》だ」

久世が満面に怒りをたたえる。

——動機はわからぬが、とにかく永尾雅楽頭が陰で謀《はかりごと》を巡らし、二瓶家を取り潰しに追い込もうとしているのはまちがいない……。

「永尾どのが二瓶家の取り潰しを企てているとして、甲斐守どのには、その理由《わけ》に心当たりがござろうか」

　久世が難しい顔になり、うつむいた。しばらく考えている様子だったが、ふむ、と声を発して顔を上げた。

「申し訳ないが、心当たりはござらぬ。永尾どのが二瓶家にうらみを抱いているということも、耳にしたことはござらぬ」

　とりあえず今日はここまでだな、と一郎太は判断した。久世にきかなければならないことは、思い浮かばない。

「甲斐守どの。今日それがしと話したことは誰にも漏らさず、すべて胸におさめておいてくださらぬか」

「むろんでござる」

　間髪を容れずに久世が答えた。

「それがしは、月野どのが信用できるお方だと信じて疑っておらぬ。どうか、安心してくだされ」

　微笑とともに久世がいった。もしこれで騙《だま》されるようなことがあれば俺に見る目がなかっただけだ、と一郎太は思った。

「かたじけない」

　一郎太は辞儀し、すぐさま言葉を継いだ。

「それがしはさらに調べを進め、千代丸を、期日までに必ず取り戻す所存」

「月野どのなら、必ずそれをうつつのものにできよう。二瓶家のためにもどうか、存分に働いてくだされ」

「ありがたきお言葉」

久世に向かって、一郎太は深くこうべを垂れた。

四

久世と別れ、一郎太は対面所を出た。

暗くひんやりとしている廊下を足早に歩きつつ、戦うべき相手は永尾雅楽頭だ、と戦意を新たにした。目標が明確になり、武者震いが出そうだ。

――千代丸を二瓶家から盗ませたのは永尾であろう。だが、俺の推量だけでは捕らえることはできぬ。証拠をつかまねば……。

将軍の寵愛がことに深い男だ。確たる証拠がなければ、悪事をもみ消される恐れがあると考えたほうがよい。

やはり生き証人を見つけるのがよいだろうか、と一郎太は足を運びつつ考えた。永尾の手下を務めている元御庭番を捕らえられれば、永尾の悪事を暴露できるのではないか。

——手立てとしては、それが最もよいかもしれぬ。もっとうまい手があるかもしれぬが、今はまだ永尾のことを知らなすぎる……。

永尾雅楽頭という人物のことを詳しく調べなければならないが、その前に一郎太には、やっておかなければならないことがあった。

重二郎が永尾に呼ばれた件が、気にかかるのだ。その件について重二郎と話すことで、永尾について新たな事実を知ることができるかもしれない。

失礼する、と断って襖を開け、一郎太は控えの間に入った。

「甲斐守どのの用事は終わった。外に出るとしよう」

一郎太は藍蔵と隆一郎をいざない、控えの間をあとにした。再び廊下を歩き、玄関の手前で係の者から刀を返してもらい、雪駄《せった》を履いた。

久世屋敷の長屋門を出るやいなや一郎太は、隆一郎どの、と声をかけた。

「俺と藍蔵は、これから行かねばならぬところがある。用事を済ませたら案悠庵にまいるゆえ、先に戻っていてくれぬか」

「承知いたしました」

「済まぬな、ちと寄りたいところがあるのだ」

「いえ、構いませせぬ。どうか、お気になさらぬよう」

失礼いたします、と低頭《ていとう》して隆一郎が去っていった。やはり松太郎の身が案じられるのか、ずいぶんと足早だ。

「よし、藍蔵、まいろう」

「あの、月野さま。どちらへいらっしゃるのでございますか」

不思議そうな顔で藍蔵が問うてくる。

「重二郎のところだ」

「重二郎さまが永尾雅楽頭どのに呼ばれた件でございますな。では、それがしが先導させていただきます」

生まれ育った地だけに、市谷の地理はよく知っている。百目鬼家の上屋敷までの道は先導されずともわかるが、一郎太は案内を藍蔵に任せることにした。

「よろしく頼む」

お任せくだされ、と張り切って、藍蔵が前を歩きはじめる。一郎太はがっちりとした背中を視界に入れつつ進んでいった。

途中、舟が行き交う水路沿いの道を歩いた。鵜《う》とおぼしき鳥が空高くから水路に飛び込み、魚を捕らえる姿を一郎太は目の当たりにした。

すごいな、と感嘆するしかなかったが、そのとき、ふと新たな秘剣の手がかりを得たような気になった。

——ふむ、頭上からか。

使えるかもしれぬ、と一郎太は思った。

「月野さま、どうされました」

立ち止まって動かなくなった一郎太を気にして、藍蔵が声をかけてきた。

「いや、なんでもない」

一郎太は再び歩きはじめた。

百目鬼屋敷の門前に着いた。日はまだ高い位置にあり、風も温かみを帯びている。体が伸びやかになるのがわかり、一郎太は暖かな陽射《ひざ》しがありがたかった。

この刻限に、塀を乗り越えて上屋敷内へ忍び込むわけにはいかない。少し面倒だが、通常の手続きを踏まなければならなかった。

百目鬼家の長屋門は開いている。その前に立つ二人の門衛に、一郎太は歩み寄った。

「あっ、こ、これは」

一郎太が誰なのか認めた二人の門衛が、あわてたように辞儀する。

「いや、そのような真似は不要にしてくれ。もはや殿さまではないのだ。浪人も同然の男に過ぎぬ」

一郎太は二人に笑いかけた。しかし二人はますます恐縮した。

「いえ、滅相もございませぬ……」

「重二郎さまにお目にかかりたいのだ。月野鬼一が来た旨、知らせてくれぬか」

「承知仕《つかまつ》りました。月野さま、しばらくお待ちいただけますか」

むろん、と一郎太がうなずくと、若いほうの門衛が泡を食ったように走り出した。門を入り、母屋に向かって石畳を駆けていく。

転ばなければよいが、と一郎太は門衛の身を案じたが、それは杞憂《きゆう》に終わった。

少し待ったが、脇玄関から用人の伊佐坂図書《いさざかずしょ》が門衛とともに外に出てくるのが見えた。前は下屋敷の用人だったが、今は上屋敷で同じ役目を務めている。

一郎太が百目鬼家の当主となったとき、その如才なさと心根の優しさを見込んで、上屋敷の用人となるよう命じたのだ。

図書が駆けるように近づいてきた。

「月野さま、よくいらしてくださいました」

一郎太のことを恩人とみているのか、図書は感激の面持ちである。

「実はこの前、訪れたばかりなのだが」

「そのことは殿からうかがっております」

「図書、重二郎に会えるか」

「もちろんでございます。殿には月野さまがいらした旨、すでに伝えてあります。月野さま、神酒どの、こちらにおいでくださいませ」

一郎太の手を取らんばかりの態《てい》で、図書が案内をはじめる。

一郎太は玄関から中に入った。藍蔵が、それがしは控えの間で待ちもうす、といったが、構わぬゆえ俺についてまいれ、と一郎太は命じた。

藍蔵とともに廊下を進み、一郎太は対面所の敷居をまたいだ。上座にはまだ重二郎の姿はない。

畳の上に二つの座布団が用意してあり、一郎太は遠慮せずに座った。さすがに座布団は楽で、ふう、と吐息が漏れる。

「藍蔵も座布団を使わせてもらえ」

「いえ、それがしはけっこうでございます」

藍蔵は、座布団を後ろに引いて端座した。ただし、座れたことは快かったらしく、いかにもくつろいだような顔つきになった。

座布団に座ればよいのだ、と一郎太はいいたかったが、やはり百目鬼家の当主の前では藍蔵も遠慮せざるを得ぬのかもしれぬと感じ、口にしなかった。

待つほどもなく上座側の襖が開き、重二郎があらわれた。上座にあった座布団を手に持ち、この前と同じように下座に降りてきた。一郎太のそばに座布団を置き、その上に静かに座す。

存外に重二郎の顔色がよいのを目の当たりにして、一郎太は少し安堵した。

「兄上、よくおいでくださいました」

一郎太に向かって重二郎が頭を下げる。

「重二郎、そのような儀は無用にしてくれ」

「いえ、兄上に礼を失するわけにはまいりませぬ」

面を上げた重二郎が藍蔵に目を当てる。

「藍蔵もよう来た」

「重二郎さま、半月ぶりでございますな」

藍蔵が畳に両手をつき、挨拶する。うむ、と重二郎が顎を引いた。

「母上の四十九日の法要以来だな」

「さようにございます。ご無沙汰して申し訳ありませぬ」

「いや、無沙汰というほどではあるまい。それに藍蔵は兄上のお守りで忙しいであろうからな」

「はっ、まことに大変でございます」

我が意を得たりといわんばかりに藍蔵がいった。

「そうであろう」

重二郎がにこりと笑んだ。

「藍蔵は、元気のいい犬と一緒に暮らしている気分ではないか。同情するぞ」

「ありがたきお言葉」

「重二郎、元気のいい犬というのは、どういう意味だ」

笑顔で一郎太は重二郎に質《ただ》した。

「人のいうことをろくに聞かぬ上、勝手にどこかへ行ってしまうからでございます」

「まことに的を射たご意見でございます」

感心したように藍蔵がいった。

「重二郎、藍蔵がいたく感じ入ったようだ。実にうまいことをいうな」

一郎太を見つめて重二郎が済まなそうな顔になった。

「いえ、それはさすがに言い過ぎでございました。ご無礼を申し上げました」

反省したように重二郎が鬢《びん》をかく。

「兄上は活発で、つねに前を向いていらっしゃる。それがしは心から頼りにしております」

ははは、と一郎太は快活に笑った。

「今度は持ち上げに来たか」

「いえ、本心でございます」

きっぱりといって、重二郎が一郎太に真剣な眼差しを向けてくる。

「兄上のほうからいらしてくださいましたが、それがしは今日明日にも兄上をお呼びするつもりでおりました」

「やはりそうであったか」

うなずいて一郎太は居住まいを正した。

「もちろん永尾雅楽頭の一件だな。それで重二郎、永尾はどのようなことをいってきた」

「屋敷替えの件でございます」

重二郎がさらりと答えた。なにっ、と一郎太は自分の目が険しくなったのを感じた。

「では永尾は、百目鬼家にこの屋敷から移れといってきたのか」

「さようにございます」

「なにゆえ永尾は、そのようなことをいってきたのだ」

「それがさっぱりわかりませぬ」

少し困惑したように重二郎が答えた。

「屋敷替えはもう正式に決まったことなのか」

いいえ、と重二郎が首を横に振った。

「正式に決まったわけではないらしく、まだ内意ということなのですが……」

百目鬼家の上屋敷は市谷加賀町にあるが、この場所はとてもよい。千代田城にも近く、登城しやすい。隣の尾張家の上屋敷とは比べ物にならないとはいえ、三万石にしてはかなりの広さを誇っている。

「内意だというなら、屋敷替えが正式に決まるまでは、まだときがあるということか」

「そうだと思うのですが……」

「重二郎に屋敷を移る気はないのだな」

「毛頭ありませぬ」

重二郎がはっきりとした口調でいった。

「しかし、もし公儀より正式に命じられたら、従うしか道はないような気がいたします。内意を覆すのにはどうすればよいか、兄上のお知恵を拝借したく、お呼びしようと思うておりました」

そういうことだったか、と一郎太は納得がいった。

「永尾の狙いはなんだろうか」

下を向き、一郎太はつぶやいた。

「やはり金でしょうか。金を積めば、なんとかなるのではございますまいか」

重二郎の言葉を聞いて、一郎太は腑《ふ》に落ちるものがあった。

「永尾の狙いは、まさしく金であろう。強欲で、金が最も好きな男らしいゆえ」

「では、ありもせぬ屋敷替えの話を持ち出して、我らから金をむしり取ろうとしていると、兄上はおっしゃるのでございますか」

「百目鬼家の内証《ないしょう》が豊かであることを、永尾は知っているのだろう。それで狙いをつけてきたのではないか」

だがそれなら、と一郎太は思った。

――千代丸を手下に盗ませたのは、どういうわけだ。やはり二瓶家を取り潰しに追い込む腹であろう。では、狙いは金ではないのか。いや、金が絡んでいるに決まっている。

永尾雅楽頭という男には、なにか裏がありそうだ。屋敷替えと称して大名家から金を巻き上げようとするだけではなかろう。

――もっとあくどいことに手を染めているのではないか。

この前、屋敷の縁の下で感じた盗賊の気配は、永尾の手の者にちがいない。

――いったいなんのために、永尾は我が屋敷に手下を忍び込ませたのか……。

一郎太は頭を絞るように考えた。もしや、と思い当たることがあった。

――我が百目鬼家を強請《ゆす》るために粗《あら》を探そうとしていたのではないか。粗を探り出して強請り、たやすく屋敷替えをさせようという腹ではないのか。

ならば、と一郎太は解した。

――千代丸を盗ませたのも、なにか裏があるのだ。二瓶家を取り潰しに追い込むだけでは金にならぬ。

「よし、俺に任せておけ。重二郎、俺からつなぎがあるまでなにもせず、おとなしくしているのだ。承知か」

「承知いたしました」

怒りの炎を燃やしつつ一郎太は藍蔵とともに、百目鬼家の上屋敷をあとにした。

五

藍蔵の先導で、一郎太は巣鴨村を目指した。

道を進みはじめた途端、どういうわけか松太郎の容体が悪化したような気がしてならなくなった。

——そんなことがあってたまるか。松太郎は快方に向かっていたではないか。案悠先生も大丈夫と請け合ったぞ。

なにもあるはずがない、と歯噛みするように思いながらも、一郎太は最悪の予感を払いのけることができなかった。

歯を食いしばって歩き続けているうちに、その思いはさらに強くなっていった。朝、茶店で握り飯を食べただけで空腹だったが、なにも腹に入れる気にならなかった。

いつの間にか藍蔵を追い越し、一郎太はほとんど駆けていた。藍蔵があわてて追いかけてくる。

半刻ほどひたすら歩き続けると、ようやく巣鴨村に入った。

案悠庵の戸を開け、土間に入った。雪駄を脱ぐのももどかしい。

待合部屋に入ると、夫婦らしい二人の老人がちんまりと座っていた。甘ったるい薬湯のにおいが濃く漂っていたが、ほとんど気にならなかった。一郎太は待合部屋を突っ切った。

「失礼する」

声をかけると同時に襖を横に引いて、医療部屋に足を踏み入れる。そこに布団は敷かれておらず、松太郎の姿はなかった。

案悠が助手の以蔵に手伝わせて診ていたのは、年老いた男である。三人が驚いたように一郎太を見上げてきた。

「おっ、お帰りか」

笑顔になった案悠が、一郎太に眼差しを向けてきた。その落ち着いた物腰を見る限り、松太郎の容体が急変したという感じは一切なかった。

ただの勘ちがいだったようだ、と覚り、一郎太は、ふう、と盛大に息をついた。

「松太郎さまは隣の部屋におりますよ」

案悠が奥の部屋を手のひらで示した。

「入っても構わぬか」

「もちろん」

一郎太は引手に手を伸ばしたが、その前に音もなく襖が開いた。穏やかな笑みを浮かべた弥佑がそこに立っていた。その顔を目の当たりにして、やはり松太郎の身にはなにもなかったのだ、と一郎太は心が凪《な》ぐのを覚えた。

「松太郎はどうしている」

小声で一郎太はきいた。

「もう目を覚まされてございます」

「なんと、まことか」

瞠目《どうもく》した一郎太は敷居を越えた。そこは六畳間で、家財らしき物はなにも置いていなかった。

部屋の真ん中に布団が敷いてあり、松太郎が枕に頭を預けて横になっている。枕元に隆一郎が座し、うれしそうに一郎太と藍蔵を見上げていた。

一郎太は隆一郎の隣に端座し、体を伸ばして松太郎をのぞき込んだ。松太郎が目を開けて一郎太を見返す。

「起きたか、松太郎」

一郎太は笑顔で声をかけた。

「無理するな。起きずともよい」

わかりました、と松太郎がいった。

「おかげさまで生き返りました。ずいぶん長く眠っていたような気がします」

「実際ずっと眠っていたからな」

だいぶ血を失ったはずだが、松太郎の顔色は悪くない。血止めが効いてくれたようだな、と一郎太はうれしかった。

「月野さまと藍蔵どのがいらしてくれたおかげで、それがしは命を救われました。感謝の言葉もございませぬ」

一郎太の背後に座った藍蔵が、ぐすん、と鼻を鳴らした。相変わらずの涙もろさだが、藍蔵の気持ちもよくわかる。

「松太郎、話を聞いてもよいか」

「月野さま、こちらにどうぞ」

気を利かせた隆一郎が、一郎太と席を代わった。一郎太は松太郎の枕元に座した。

「なんでもおききになってください。それがしはもう大丈夫でございますので」

うむ、と一郎太は顎を引いた。

「東福寺の境内に倒れていたのだが、そのことは覚えているか」

一郎太は、まずそのことをたずねた。

「いえ、まったく覚えがありませぬ。東福寺のことは弥佑どのから、うかがいましたが」

「そうか。ならば、最初から話を聞いていくことにいたそう。松太郎は宗内、青内父子のことを調べたのだな」

「はい、調べました」

枕の上で松太郎が首を上下させた。

「それでなにがわかった」

はい、と松太郎が話し出す。

「それがしは、我が屋敷にあった名簿で宗内のことを調べてみました。名簿から宗内は、取り潰しになった宮地家の腹ちがいの三男であることがわかりました。名簿ではそれ以上のことはわからず、それがしは近所に住む八十過ぎの長老を訪ねました。御庭番のことならなんでも知っているご老人でございます」

「もしやそれは梶野弁之丞《かじのべんのじょう》さまのことか」

隆一郎が腰を浮かせて松太郎にきいた。

「梶野さまは病で床に臥《ふ》せっているとうかがっているが、話ができたのか」

「今はもう病もすっかりよくなり、元気にされています」

「そうであったか。ずいぶんお歳であるのに、さすがに頑丈にできているな。——ああ、月野さま、話の腰を折ってしまい、まことに申し訳ありませぬ」

隆一郎が謝った。いや、と一郎太は手を軽く振った。

「別に構わぬ」

松太郎がまた話しはじめる。

「梶野さまというのは、両番格御庭番という役目に就いておられたのです。御庭番としては大身で、五百石という禄をいただいているお方で、御庭番のことについては、なんでもお耳に入ってくるという、すごいお方でございます」

もう散策すら覚束《おぼつか》ないような、よぼよぼの老人が権力をがっちり握っていることがよくあるが、あれはいったいなんであろうか、と一郎太はよく考える。若い者にその座を譲ればよいのに、と思うが、死ぬまで決して手放さないのだ。

——権力というのは、弄《もてあそ》ぶのに恰好《かっこう》のおもちゃなのであろうな。

松太郎が大怪我を負う羽目になったとはいえ、こたびはそういう老人がいるおかげで、松太郎の調べが進んだのだ。素直に感謝しなければならない。

「梶野さまのお話では、宮地宗内は深入道場という剣術道場に通っていたらしいのです。深入道場はあまり門人を集めることなく、ひっそりと稽古を行っていたそうにございます。それゆえ、その存在を知らぬ御庭番も数多かったらしいのです」

「深入道場のことは俺たちも調べたが、人目を避けるように稽古をしていたことまでは、突き止められなんだ。林惣市という者が創始したということはわかったが……」

ああ、と松太郎が感嘆の声を発する。

「そこまでお調べになりましたか。さすがに月野さまと神酒どのでございます」

松太郎が一郎太たちを褒め称《たた》えた。

「いや、さほどのことではない」

謙遜でなく一郎太はいった。

「月野さまの仰せの通り、深入道場は林惣市が深入家に婿入りし、はじめた道場でございますが、宮地家や吉川家、藪田家の者が門人となっていたことも、梶野さまの話からわかりました。そこまで聞いて、それがしは梶野さまの屋敷を離れました」

「その後、どうした」

「宮地家、林家、吉川家、藪田家の四家はいずれも取り潰しになった御庭番家でございますが、宮地家と藪田家のことを差配していたのは、若年寄の永尾雅楽頭さまでございます」

「うむ、その通りだ」

「もしや永尾さまは取り潰しになった家の者を配下に抱え、自在に操っているのではないかと、それがしはにらみました」

当然の流れであろう、と一郎太は思った。

「それがしは永尾さまにはなんらかのわけがあり、二瓶家より千代丸を配下に盗み出させたのではないかと考え、永尾さまが巣鴨村にある下屋敷に赴いた際、忍び込みました」

一郎太は顔を歪《ゆが》めかけた。やはり松太郎は無理をしたのだな、と胸が痛んだ。

「決して油断したわけではないのですが、下屋敷の警固に当たっていた者どもに、それがしは捕まってしまいました」

悔しそうに松太郎が唇を噛んだ。そんな松太郎を隆一郎が痛ましそうに見ている。

松太郎が再び口を開いた。

「それがしを捕らえた者の中に、青内がおりました。なにゆえ青内とわかったかというと、自ら名乗ったからでございます」

手がかりとなる書付を蔵にわざわざ置いていくような者だ。名乗ったところで不思議はない。青内という男は、おのれに妙な自信があるのだろう。

「捕らえられて松太郎はどうした」

すかさず一郎太はきいた。

「なにゆえこの屋敷に忍び込んできたか、それがしは青内にきかれました。それがしはなにも話しませんでしたが、それがしが御庭番であると知られていたこともあり、やつらはなんらかの薬をそれがしに用いました」

「薬だと」

「はっきりとはわかりかねますが、阿片《あへん》を使った薬のようでございました」

「御庭番には、そのような薬があるのか」

「いいえ、ございませぬ」

これは隆一郎が否定した。松太郎が言葉を継ぐ。

「どうやら永尾さまが長崎奉行時代に手に入れた薬のようでございます」

そういえば、と一郎太は思った。久世甲斐守が永尾について語ったとき、長崎奉行時代のことをいっていた。阿片は唐土からたやすく手に入るらしい。

「薬を使われて、それがしは口を割ってしまったようでございます。まことに申し訳ありませぬ」

心の底から謝罪しているのが、その顔つきから知れた。くう、とうめいて松太郎が目を閉じた。まぶたの堰《せき》を破って、涙があふれ出てくる。

「薬を使われては致し方なかろう」

一郎太は慰めたが、松太郎は顔を横にして泣き続けた。

——俺なら軽く拷問されただけで口を割ってしまうだろうに……。

やがて松太郎が泣き止《や》み、目を開けた。

「済みませぬ。おなごのように泣いてしまい……」

小声で松太郎が謝った。

「なに、構わぬ。泣きたいときは泣けばよいのだ。男だから泣くなというのは、おかしなことだと俺は思っている。軍記物を読む限りでは、昔の武将や豪傑は、わんわん泣いているではないか」

「ああ、さようにございますか。それがしは軍記物を読まぬものですから。しかし、月野さまのお言葉は、とてもうれしく思います」

「しかし松太郎、よく殺されなかったものだ」

一郎太がしみじみいうと、はい、と松太郎が首を縦に振った。

「薬の効き目が切れてきたと感じたそれがしは青内どもの隙を見計らい、下屋敷《や》を逃げ出しました。しかしすぐに気づかれ、背中を斬られました。それがしは殺られたと思いましたが、やつらはそれがしが死んでおらぬと、わかったはずです。とどめを刺さなかったのは、それがしにまだ使い道があると判断したからではないでしょうか」

松太郎の言から一郎太の狙いを知った青内たちは、その後、一郎太をおびき出すために、松太郎を餌として用いたのだ。

——息があれば、必ず医者に運ぼうとする。松太郎を担ぎ上げた俺たちの動きが鈍くなるのを、狙ったに相違あるまい。

とにかく、と一郎太は思った。永尾雅楽頭が極悪人であるのはもはや疑いようがない。

もしや、と一郎太は気づいた。

――人に存在をほとんど知られていなかった深入道場の門人なら、龍陣斎も元御庭番なのではないか。

一郎太は慄然《りつぜん》とした。いま龍陣斎は新発田家に仕えているが、なにか狙いがあって、剣術指南役として入り込んでいるのではあるまいか。

――むろん、それも永尾の命であろうが。

龍陣斎の狙いはいったいなんなのか。金のために新発田家の弱みを握ることなのか。永尾は旗本や大名に悪事を働き、金づるにしようとしている。二瓶家と新発田家しかり、我が百目鬼家しかり。ならば、津山家も――。

むう、と心中でうなり、一郎太は立ち上がった。

「弥佑、ちょっと来てくれ」

はい、と弥佑が立ち、一郎太に近づいてくる。一郎太は弥佑を外に連れ出した。

外に出ると、甘ったるい薬湯のにおいがしなくなり、一郎太は大きく息を吸い込んだ。

「月野さま、いかがされましたか」

弥佑が真摯《しんし》な顔を一郎太に向けてきた。

「弥佑に頼みたいことがある」

「なんでございましょう」

「箱根から戻ったばかりなのに、頼むのは心苦しいのだが」

「遠慮なさらず、なんでもおっしゃってください。それがしは本調子でございますので」

実は、と一郎太は口を開いた。

「いざこざがあって、二瓶家をうらんでいるかもしれぬ旗本家がある。津山家四千五百石だ」

「ほう、大身でございますな」

「いま二瓶家は麴町に屋敷を構えているが、二年ばかり前にその屋敷を巡って津山家と争いになったらしい。その津山家を探ってほしいのだ」

「わかりました。例えば、どのようなことを探ればよろしいのでしょう」

「津山家と永尾雅楽頭とのつながりだ。もしかすると、津山家が永尾に頼み、千代丸を盗ませたのかもしれぬ」

なるほど、と弥佑が相槌を打つ。

「そうすることで二瓶家を取り潰しに追い込み、その後、津山家が麴町の屋敷に入るという筋書でございますか」

　そういうことだ、と一郎太はいった。

「津山家はどこにあるか、月野さまはご存じでございますか」

「内藤新宿とのことだ」

「内藤新宿なら、確かにお城からは遠いかもしれませぬ」

「千代田城にほど近い麴町に屋敷を持ちたいという気持ちは、わからぬでもないな」

「まったくでございます。では月野さま、津山屋敷に行ってまいります」

　弥佑、と一郎太は声を放った。

「くれぐれも気をつけてくれ。決して無理はせぬようにな。危ういと思ったら、必ず引いてくれ」

「わかりましてございます」

「よろしく頼む」

　弥佑が走り出した。あっという間に姿が見えなくなった。本調子というのは、と一郎太は思った。大袈裟《おおげさ》ではないようだ。

六

新発田家の上屋敷内の道場で龍陣斎は、一人で竹刀を振っていた。何度も素振りを繰り返す。

仮想の敵として見立てているのは、この前会ったばかりの男だ。月野鬼一である。あの男は強い。いずれまちがいなく相まみえよう。そのことを龍陣斎は確信している。

ふと道場の戸口に人の気配を感じ、龍陣斎は素振りをやめて、そちらを見た。新発田家の若い家臣が立っていた。

龍陣斎が目をかけ、ときおり稽古の相手をしている若者である。筋はかなりよく、このまま伸びていけば、かなりの剣客となるのはまちがいない。

「桜木さま」

若者が呼びかけてきた。

「どうした」

若者に向かって龍陣斎は歩み寄っていった。

「若年寄の永尾雅楽頭さまから、御使者がまいりました」

「なに」

龍陣斎は眉根を寄せた。

「まことに永尾さまからの使いか」

「まちがいないものと。御使者はそう名乗っておられますので……」

「そうか……」

竹刀を竹刀掛に戻し、龍陣斎は若者とともに道場を出た。

「御使者は客座敷にお通ししてございます」

「わかった」

龍陣斎は母屋に入り、廊下を進んで客座敷の前に立った。

「失礼する」

中に声をかけ、龍陣斎は襖を横に滑らせた。使者は元御庭番の者で、名を吉川小《こ》右衛門《えもん》という。深入道場でともに汗を流した仲である。

龍陣斎は小右衛門の前にどかりと座った。

「小右衛門、なにかあったのか」

ほかに人はいなかったが、龍陣斎はあたりをはばかるように小声できいた。

「実はあった」

小右衛門も低い声で返してきた。

「永尾さまからの文を持ってきたゆえ、読んで返事をくれ」

小右衛門が懐から取り出した文を龍陣斎は受け取り、すぐに目を落とした。かなりの長文である。

御庭番が巣鴨村の下屋敷に忍び込み、にわかに身辺が騒がしくなってきた。忍び込んできた御庭番には大怪我を負わせ、千代丸の一件に関わってきた月野鬼一という男を罠《わな》にかけたが、結局は御庭番ともども逃してしまった。青内の調べでは、月野鬼一という男は元大名で、本名を百目鬼一郎太というらしい。相当の遣い手で、敵する者は龍陣斎しかおらぬ。ついては、下屋敷に来て余の警固についてほしい。青内によれば、月野鬼一は必ず下屋敷にあらわれるであろうということだ。

文にはそんな意味のことが記されていた。

――そうか、月野鬼一が来るのか。

小右衛門、と龍陣斎は呼びかけた。

「承知したと永尾さまに伝えてくれ」

「わかった。おぬしはいつ下屋敷に来る」

「暮れ六つまでにはまいる」

「わかった、待っておる」

失礼する、と告げて小右衛門が立ち上がった。襖を開けて客座敷を出、後ろ手に襖を閉めた。ひそやかな足音が廊下を遠ざかっていく。

──ふむ、御庭番が下屋敷に入り込んだか。

おそらく月野鬼一の差金であろうな、と龍陣斎は思った。千代丸を二瓶家から盗んだのが永尾だと疑われたにちがいない。

──津山家の頼みを受け、千代丸を盗み出したのがそもそもの過ちだったのであろう。永尾さまは、墓穴を掘ったのではあるまいか。どんなに金を積まれても、命のほうが大事であろうに、まったく愚かなことよ。金に目がくらんだ者は、たいていよい死に方はせぬ。

龍陣斎は腹に力を込めた。

──ついに月野鬼一と戦えるか。

龍陣斎は、もともと御庭番の藪田家の出である。藪田家の四男としてこの世に生を享《う》けたが、生まれてすぐに桜木家という、ただの御家人の家に養子に出された。

ひどく貧しいながらも桜木家で無事に育っていった龍陣斎は、すぐ近所にあった深入道場で業前《わざまえ》を急速に伸ばしていった。だが、義父が公儀の金を横領していることがばれ、桜木家は取り潰しになった。義父は切腹して果て、義母もその後すぐに病で死んだ。

一人残された龍陣斎は実家の藪田家に引き取られた。だが、藪田家も一家で掏摸をしていたことが露見し、あっさり取り潰しの憂き目に遭った。路頭に迷いかけた龍陣斎を救ってくれたのが、永尾雅楽頭だった。

――永尾さまには返しきれぬ恩がある。少しでも返さなければならぬ。

龍陣斎は決意を新たにした。

――必ずお守りせねばならぬ。

龍陣斎は深入道場で鉄棒の修行をしたが、最も得意にしているのは突きである。

――どうやら月野鬼一も突きを得手にしているらしい。どちらの突きが速いか、それで勝負が決まろう。

月野鬼一との対決が迫っているのなら、今日で新発田家とはおさらばということだ。

――長らく世話になったものだ。まさかこのような形で新発田家を出ていくことになるとは、思いもしなかったが……。

龍陣斎が剣術指南役として新発田家に仕官したのは、この家の弱みをつかみ、強請って金をむしり取るためである。新発田家は富裕な大名として知られていた。

永尾の命により新発田家の領内に入った元御庭番たちが、まず一揆《いっき》を起こすように百姓たちをけしかけた。思惑通りに一揆が勃発し、一揆勢はあっという間に城に迫った。

このままではあと数日も城が保《も》たないところまで新発田家は追い込まれた。そのときこそ、龍陣斎の出番だった。一揆の首謀者を、新発田家の当主の前で軽々と討ち取ってみせた。その後、龍陣斎は新発田家に剣術指南役として迎え入れられたのだ。

ところが、別に新発田家には弱みというものはなく、なにもできぬまま龍陣斎は年月を過ごした。ほとんど無聊《ぶりよう》をかこって過ごしたようなものだ。

――そうか、ついに月野鬼一とやり合えるのか。

これで死ぬほど退屈な日々とも、お別れのようだ。

七

松太郎はただ目を覚ましただけで、まだ動かすことができないとのことだ。下手に動けば、命に関わるそうである。

隆一郎は番町の屋敷にいったん戻っていった。松太郎を引き取る日に備え、いろいろと用意をするつもりのようだ。

夜が更けて四つを過ぎた。一郎太は藍蔵とともに待合部屋で眠った。むろん熟睡などしない。元御庭番の青内たちの襲撃があるかもしれず、神経は常にそばだてている。

九つを過ぎた頃、戸を叩く音が聞こえた。

――もしや弥佑が戻ってきたか。

「俺が出る」

藍蔵に伝えた一郎太は立ち上がって刀を腰に差し、土間に降りた。

「どなたかな」

戸越しに一郎太は問うた。

「弥佑でございます」

紛れもなく弥佑の声だ。一郎太は心張り棒を外し、戸を開けた。

涼しい風が入り込んでくる。頼りない三日月が出ているのが頭上に見えた。その明かりに照らされて、戸口に弥佑が立っていた。

「戻ったか。入ってくれ」

弥佑が敷居をまたぎ、土間に立った。一郎太は戸を閉めた。雪駄を脱いだ弥佑と一緒に待合部屋に上がる。

「なにかつかめたか」

待合部屋に座り込んで一郎太は弥佑にたずねた。横で藍蔵も興味深げな顔をしている。

「つかめました。津山家が永尾雅楽頭と交わした契約の書状を盗み取ってまいりました」

弥佑が懐から一通の書状を取り出し、一郎太に見せた。

「なんと」

まさか悪事の証拠となる書状を残しているとは、一郎太は夢にも思わなかった。さっそく書状を開き、目を通した。

二瓶家から千代丸を盗み出して首尾よく取り潰しに追い込み、当家に麴町の屋敷を斡旋《あっせん》すれば、金一千両を永尾雅楽頭に進上すると津山家はいっている。津山家当主の伯耆守重房《ほうきのかみしげふさ》と永尾雅楽頭の花押《かおう》もあった。

――永尾という男は、権力を笠《かさ》に着て土地や屋敷の周旋《しゅうせん》も行っているのか。

これは、かなりの稼ぎになるのではなかろうか。目の付けどころとしては悪くないような気がする。

「弥佑、よくやってくれた」

一郎太は褒め称えた。

「永尾の悪事を暴くのに、これ以上の証拠はなかろう。本当によくやってくれた」

この契約の書状を久世甲斐守に届ければ、久世は将軍にすぐさま見せるだろう。それで永尾は終わりではないか。

――よし、明朝早く、甲斐守どのの屋敷にまいることにいたそう。

「弥佑、腹は空《す》いておらぬか」

「はい、大丈夫でございます。こちらに戻る途中、夜鳴き蕎麦を食べてまいりました」

「そうか。それはうらやましいな」

「月野さまたちは、夕餉を食べておられぬのでございますか」

「いや、案悠先生と一緒にいただいたが、ときが過ぎて、また腹が減ってきた」

「それはお辛い」

「うむ、まことに辛い」

しかしどうすることもできず、一郎太たちは待合部屋で眠ろうとした。

だが、それを待っていたかのように、外で剣呑《けんのん》な気配が立ったのを一郎太は感じた。

弥佑も同じで、顔をぴくりとさせた。藍蔵も気配を覚っている様子だ。

「誰か来たな」

一郎太は弥佑と藍蔵にいった。

「相当の腕の者でございます」

もっとも弥佑はさして脅威に感じていないようだ。

「考えられるのは一人だ」

一郎太は二人に告げた。

「桜木龍陣斎だろう」

「ほう、やつが来ましたか」

刀を左手に持ち、藍蔵が目を光らせる。

「月野さま、どうされますか」

藍蔵にきかれ、知れたこと、と一郎太は答えた。

「俺がやつと戦い、仕留める」

「では、お一人で戦われるのでございますか」

案じ顔で弥佑がきいてきた。

「そうだ。藍蔵と弥佑は手を出すな」

「ええっ」

前にいい聞かせてあったにもかかわらず、藍蔵が大仰に驚く。一郎太は龍陣斎の気配を捉えることに精神を集中した。

「気配は動かぬな。やつは俺が出てくるのを待っているのであろう」

「月野さま、まことにお一人でやるおつもりでございますか」

「そうだ」

一郎太は股立《ももだち》を取り、襷掛《たすきが》けをした。

「弥佑、そなたは永尾家の下屋敷に行ってくれぬか。龍陣斎がここに来ているなら、下屋敷にいるのは青内たちであろう」

「元御庭番の者どもを捕らえれば、よろしいのでございますね」

「何人いるかわからぬが、弥佑、頼めるか」

「もちろんでございます」

「下屋敷に千代丸が隠されているのではないかと俺はにらんでいるのだが、それも探してくれぬか」

「承知いたしました」

弥佑は裏手から出ていった。それを見送り、一郎太は土間に降りた。

「よし、行くぞ」

一郎太は雪駄を履かず、裸足《はだし》で外に出た。藍蔵が後ろについてくる。

満天の星とか細い月明かりに照らされて、道に龍陣斎が立っていた。一郎太と同じ形《なり》をしているが、龍陣斎は鉢巻をしていた。

「月野鬼一、勝負に来たぞ」

野太い声で龍陣斎がいった。声が闇に吸い込まれていく。

「よく来たな」

一人で来た龍陣斎の覚悟は立派だ、と一郎太は思った。

「永尾さまに警固を命じられたのだが、待つのは性に合わぬゆえ、こちらから参上した」

「俺も待つのは嫌いだ」

「きさまのことだ。どうせもう永尾さまが逃れられぬ証拠をつかんだのであろう」

「ああ、つかんだ」

「やはりな……」

「もう永尾雅楽頭は終わりだ。それでもおぬしはやるというのか」

「そうだ。永尾さまには恩がある。それを返さねばならぬ」

「悪人に恩義など感じずともよいのだぞ」

「悪人でも返さねばならぬ恩はある」

強い口調で龍陣斎が言い切った。

「おぬしがそう考えるのなら、これ以上はいわぬ」

「月野鬼一、ここでやるのか」

いや、と一郎太は首を横に振った。

「近くによいところがある。そこでやろう」

案悠庵のそばに広々とした畑地がある。一郎太はそこに龍陣斎を連れていった。藍蔵がついてくる。

「ここならよかろう」

背の高い木々が畑を北風から守っており、風はほとんど吹き込んでこない。三日月が樹間に見えていた。

「よいな。ここなら邪魔は入らぬだろう。存分に戦える」

「気に入ってもらえて幸いだ」

月野さま、と声をひそめて藍蔵が呼びかけてきた。

「いざとなれば、それがしは戦いに加わりますぞ」

決意を露《あら》わに藍蔵がいった。

「藍蔵の助勢などいらぬ。俺が勝つゆえ、安心して見ておれ」

「どこからその自信が湧いてくるのか知りませぬが、月野さまがまことに危うくなれば、それがしは助太刀に入ります」

「わかった。だが、藍蔵にそのような手間をかけさせることは、まずあるまい」

足を踏み出し、一郎太は空き地の真ん中に進んだ。龍陣斎はその場で、すでに一郎太を待っていた。

「よし、やるか」

宣して一郎太は少し下がり、腰から愛刀を鞘《さや》ごと抜いた。すらりと抜くや、鞘を地面に深々と突き立てた。

「なんの真似だ」

不思議そうに龍陣斎がきく。

「気になるか」

「当然だ」

「まあ、そうであろうな」

一郎太は無言で下がった。

「教えてくれぬのか」

「当たり前だ」

「鞘を足場に跳ぶつもりか。気でもふれたか」

ふふ、と龍陣斎が笑い、ばかばかしい、と嘲るようにいった。

「高く跳んで頭上から怪鳥のようにわしを襲う気だったか。仮に鞘に飛び乗り、鞘がそなたの体を支えられたとして、それで飛び上がることができると思うか。鞘に飛び乗ったが最後、わしの刀尖《とうせん》がそなたの腸《はらわた》を貫いておるわ」

「さあ、それはどうかな」

一郎太も笑い、愛刀を正眼に構えた。

「この勝負、どちらかが必ず死のう。うらみっこなしということでよいな」

抜き身をだらりと下げて龍陣斎が確かめてくる。

「よかろう」

一郎太はさらりと答え、すすす、とすり足で間合を詰めていった。

——勝負は一瞬だ。やつも俺と同様、長々と戦う気などなかろう。

一郎太は、地面に突き立てた鞘に向かって突進した。はじめは鞘を足場に跳躍するつもりだったが、もはやそれは見せかけに過ぎなかった。鞘をばしっと手にし、龍陣斎の股のあいだに足から滑り込んでいった。

「甘いっ」

大きく開いた目で一郎太を見つめて龍陣斎が怒号する。

「死ねっ」

叫んだ龍陣斎が、仰向《あおむ》けになって突っ込んできた一郎太を串刺しにすべく、地面に向かって得意の突きを繰り出してくる。

一郎太は鞘で、目にも留まらぬその突きをがっちりと受け止めた。ただし龍陣斎の突きの勢いはすさまじく、刀尖が鞘を突き破ろうとした。

一郎太は鞘を猛然とひねって、龍陣斎の刀の角度をずらした。その上で、愛刀を頭上に突き出していく。

どす、と音が立った。見ると、愛刀の刀尖が龍陣斎の腹を突き刺していた。

「やりおったな」

龍陣斎が憤怒《ふんぬ》の形相になり、力任せに鞘に刺さった刀を引き戻そうとした。

そうはさせじ、と一郎太は右手に力を込め、愛刀をさらに深く突き通していった。

愛刀が龍陣斎の体を貫いたのがわかった。

げふ、と詰まった声を出し、龍陣斎が血の塊を吐いた。それがしずくとなり、口からぼたぼたと一郎太の顔や体に落ちてきた。

「鞘を盾にするとは……」

一郎太を凝視して龍陣斎が信じられぬという声を出す。

「おぬしの突きを受け止めるのに、腰から抜いていたのでは間に合わぬからな」

「それゆえ鞘を地面に突き刺したのか」

「そういうことだ」

「わしが意地でも突きで仕留めに来ると、わかっておったのだな」

「むろんだ。突きを得手にしているのなら、どんな場面でも突きで来るはずと読んでいた。俺がおぬしでもそうしていただろうからな。これまで見た中で、最も速い突きだった」

「それでも受け止められたか。くそう、ああ、負けてしもうた……」

無念そうにつぶやき、龍陣斎が目を閉じた。一郎太は立ち上がり、愛刀を龍陣斎の体から抜いた。

その弾みで龍陣斎が、どう、とうつ伏せに倒れた。もうもうと土煙が立つ。龍陣斎はしばらく痙攣《けいれん》していたが、やがてそれもやんだ。もう息をしていなかった。

一郎太自身、荒い呼吸が止まらなかったが、その場で両手を合わせて龍陣斎の冥福を祈った。

「やりましたな」

飛び跳ねるようにして、藍蔵が駆け寄ってくる。

「月野さまは、龍陣斎の読みの逆を見事に突かれましたな」

「たまたまだ」

肩を大きく上下させつつ一郎太は自嘲気味にいった。

「本当は鞘を足場に高く跳ぶつもりでいたのだ。だが、龍陣斎に読まれたゆえ、なんとかしなければならぬ、と焦りつつ鞘に向かって走り込んだら、自然にああいう形になったに過ぎぬ」

藍蔵が呆《あき》れたように一郎太の顔をまじまじと見た。

「さようにございますか。それで、たまたまとおっしゃるのでございますな」

「そういうことだ。高く跳ぶことは、鶚が魚を捕らえたときの動きを参考にしたのだが、いかに龍陣斎とはいえ、簡単に見抜かれるとはな。新たな秘剣を得るのは、やはり難儀なものだ」

「とにかく勝ってようございました」

「負けるつもりはなかったが、正直、ちと焦った」

天を仰ぎ、一郎太はさらに深く息をついた。

「よし、藍蔵、まいるとするか」

「えっ、どちらへいらっしゃるのでございますか」

「決まっておろう。永尾家の下屋敷だ」

案悠庵から五町ほど東に行ったところに、永尾家の下屋敷はある。

門前に立った一郎太たちは、中の気配を探った。静かなものだ。

開いているくぐり戸から、一郎太と藍蔵は中に入った。誰何《すいか》の声を発する者もいない。

――弥佑はどこにいるのか。

一郎太がそんなことを思いながら進んでいくと、弥佑が姿を見せた。

「無事だったか」

「はい」

笑みを浮かべて弥佑が答えた。

「いくら元御庭番が手強かろうと、そなたがやられる図というのは、思い描けなかった。それでやつらはどうした」

「すべて捕らえました」

「全員か」

「はい」

弥佑に導びかれて中庭に入ると、十人近い男たちが縛り上げられて、地面に座っていた。その中には青内もいた。

驚いたことに永尾雅楽頭とおぼしき男も縄を打たれて座らされていた。

足を進めて一郎太は青内に歩み寄り、見下ろした。

「あのときの掏摸だな。百目鬼家の上屋敷に忍び込んだのもおぬしだな」

悔しげに青内が見上げてきた。

「きさまの腕を探るために掏摸の真似事をしてみたが、あれできさまの興を引いてしまった。いらぬことをしたものよ」

それはちがう、と一郎太は否定した。

「おまえが『東照神君のお宝、頂戴仕り候』などという書付を残していったのがすべての過ちだ。あれがなければ、俺たちにはなんの手がかりもなかった」

なに、と叫んで永尾が青内をにらみつける。

「きさま、そのようなつまらぬ真似をしたのか」

それには答えず、青内がぷいと横を向いた。

「千代丸もございました」

笑みを浮かべて弥佑が差し出してきた。

「さすがに見事な拵《こしら》えでございます」

一郎太は千代丸を手に取った。思っていた以上に重い。

――よい鉄が使われているのであろうな。

一郎太はしげしげと千代丸を見た。

「弥佑、抜いてみたか」

「いえ、そのような真似は畏《おそ》れ多く……」

「よし、見せてもらおう」

ためらいなく一郎太は鞘から引き抜いた。

「おっ」

自然に声が出た。やはり見事な出来としかいいようがない。三日月の光を冴《さ》え冴《ざ》えと弾《はじ》き返している。

「深い刀身の色でございますな」

夜目でも黒に紫が混じっているのがわかる。なんとも形容しがたい色だ。

――これが東照神君から贈られた小さ刀か。

「見つめていると、刀身にするりと吸い込まれそうだ。刃文《はもん》も素晴らしいな。この刃文に触れるだけで、すぱりと指が切れそうだ」

「さすがにすごい出来でございますな」

「まったくだ。これだけの小さ刀は、ほかに存在せぬのではないか」

「この小さ刀を売りに出したら、いったいいくらするのでございましょう」

「見当もつかぬ。とにかく二瓶家に返さねばならぬゆえ、ここで値など考えても仕方がない」

「まあ、それはそうでございますな」

夜明けを待って一郎太だけ案悠庵に戻り、なにがあったか案悠に話した。案悠は龍陣斎の骸《むくろ》を棺桶《かんおけ》に入れてくれた。病人が死ぬことはどうしても避けられないから、常に棺桶は用意してあるのだそうだ。

その後、永尾の下屋敷に向かった一郎太は藍蔵、弥佑と合流し、三人で永尾と青内たちを久世のもとに引っ立てていった。津山家と永尾の契約の書状及び千代丸を、永尾の悪事の証拠の品として久世に差し出す。

それらを見て、久世が目を丸くする。

「まことに比類なき働きでござるな。さすがに月野どのだ」

「いえ、大したことはしておりませぬ。あとのことは甲斐守どのに、すべてお任せいたします。どうか、よろしくご差配くだされ」

「お任せあれ」

久世が満面の笑みで請け合う。

「先ほど永尾の顔を見てきたが、それがしを憎々しげににらみつけおった。その顔を見て、それがしはこれまでの溜飲《りゅういん》が下がった気分でござる。月野どの、まことにかたじけない」

「やはり甲斐守どのは正直なお方でござるな。とにかくようござった」

「ところで月野どの」

　真剣な顔で久世が呼びかけてきた。

「千代丸はそれがしから二瓶家に返しておくが、それでよろしいか」

「もちろんでござる」

　一郎太も笑みをたたえて答えた。

「千代丸が戻れば、二瓶家の者は跳び上がって喜びましょう」

「月野どのはその姿を見ずともよろしいのか」

「構いませぬ」

「では、それがしから千代丸は返させていただく」

　一郎太たちは久世に後事を託して、屋敷をあとにした。三人でのんびりと道を歩く。

「藍蔵、今日は何日だ」

　陽射しを存分に浴びて一郎太はきいた。

「四月五日でございます」

「よし、ぎりぎりではあるが、間に合ったな」

「まことによろしゅうございました」

「本当だな」

よかった、と一郎太は心から思った。弥佑も笑みをたたえている。

これで一件落着といってよいのではないか。おそらく永尾雅楽頭は切腹だろう。永尾に千代丸の窃盗を頼んだ津山家にはどんな処分が下るのか。

——取り潰しもあり得るな。

津山家も馬鹿なことをしたものだ。取り潰しになっては、自分たちが屋敷を公儀に明け渡さなければならないではないか。

——誰が永尾に頼むことを決めたか知らぬが、浅慮《せんりょ》をしたものよ。

一郎太たちが向かっているのは根津の家である。

——今宵、また静のもとにまいるか。一刻も早く静と一緒に暮らしたいものだ。

それがいつになるか、まだわからないのがもどかしい。

だが、今日は本物の夏が到来したかのような陽射しが、じりじりと照りつけてきていた。それだけで一郎太は体が伸びやかになり、生き返るような気分である。

静とのこともきっとうまくいく。大丈夫だ、と自らに強く言い聞かせる。

笑いながら生きていれば、と一郎太は思った。必ずいいことがある。

一郎太は明るい笑顔を天に向けた。

小学館文庫
好評既刊

突きの鬼一

鈴木英治

ISBN978-4-09-406544-2

美濃北山三万石の主百目《どうめき》鬼一郎太の楽しみは月に一度の賭場通いだ。秘密の抜け穴を通り、城下外れの賭場に現れた一郎太が、あろうことか、命を狙われた。頭格は大垣半象、二天一流の遣い手で、国家老・黒岩監物の配下だ。突きの鬼一と異名をとる一郎太は二十人以上を斬り捨てて虎口を脱する。だが、襲撃者の中に城代家老・伊吹勘助の倅で、一郎太が打ち出した年貢半減令に賛同していた進兵衛がいた。俺の策は家臣を苦しめていたのか。忸怩たる思いの一郎太は藩主の座を降りることを即刻決意、実母桜香院が偏愛する弟・重二郎に後事を託して単身、江戸に向かう。

八丁堀強妻物語
長編時代小説
岡本さとる
小学館文庫

本書のプロフィール

本書は、小学館文庫のために書き下ろされた作品です。

小学館文庫

突《つ》きの鬼一《おにいち》 跳躍《ちょうやく》

著者 鈴木英治《すずきえいじ》

二〇二三年六月十一日 初版第一刷発行

発行人 石川和男
発行所 株式会社 小学館
〒一〇一-八〇〇一
東京都千代田区一ツ橋二-三-一
電話 編集〇三-三二三〇-五二三七
販売〇三-五二八一-三五五五
印刷所 ——— 中央精版印刷株式会社

この文庫の詳しい内容はインターネットで24時間ご覧になれます。
小学館公式ホームページ https://www.shogakukan.co.jp

ISBN978-4-09-407266-2